ねがい
RAM　原作　森亜亭　著
PARADIGM NOVELS 78

登場人物

風《かざ》間《ま》哲《てつ》也《や》

祖父の後を継いで、風間神社の宮司となった主人公。近づく夏祭りに向けて、巫女のアルバイトを募集することに…。

御鏡《みかがみ》舞奈《まな》　雰囲気は幼いが、動物や物と会話できるという特技を持つ、不思議な少女。

玉《たま》貫《き》亜《あ》実《み》　多香子と同じ、風間神社の住み込み巫女。おっちょこちょいで、失敗が多い。

源《みなもと》多香子《たかこ》　哲也の祖父の代から神社で働く巫女。哲也とは過去につらい思い出がある。

平坂《ひらさか》有里《ゆうり》　応募してきたおしとやかな女性。離婚経験がある。

上薙《かみなぎ》凜《りん》　食いしん坊な少女。食べ物の前では理性が飛び…。

八《や》房《ふさ》京華《きょうか》　アルバイトの巫女。給料のよさにひかれてきた。

第2章　有里

第3章　多香子

目次

――静かだ。

この場所を表すのに、これ以上の言葉はいらない。

そう……すべてが静かだ。

決して音がないわけじゃない。鳥が囀《さえず》れば風も吹き、木々の葉も擦《こす》れ合う。

生い茂る緑の木々に澄んだ空気、煌《きら》めく小川のせせらぎ、遠く響き渡る鳥の鳴き声……。

都会に住む人々が忘れた、遠い記憶を呼び覚ますような風が吹く場所……。

あるがままの自然を残す神域。

――風間神宮……。

ガランガラン……と、鈴が鳴る。

そして、ぱん……ぱん……と、２回手を叩《たた》く音。
今日もまた、誰かが参拝に訪れる。
来た人の数だけの「ねがい」……。
もう――夏はすぐそこまで来ていた……。

第1章　出会い

眠りから目覚める直前の夢は、妙にリアルだ。

風間哲也《かざまてつや》がその朝見た夢も、そうだった。

拝殿の間に、哲也は座っていた。彼が寝泊まりしている宮司《ぐうじ》の部屋から、十メートルとは離れていない本殿の中央である。途方に暮れたように肩を落としている青年の前には、顔に白い布をかけられた老人が眠るように横になっていた。

夢の中で、彼は半年前の出来事を思いだしていた。静謐《せいひつ》に包まれた風間神社の外は、あわただしい年の暮れである。急死した祖父の葬儀の喪主として、哲也はそこにいた。

前宮司の死の弔いは、神式の葬儀によるものだった。本殿にしつらえられた賓室《ひんしつ》（遺体を安置しておく部屋）の中央に、仏式と同じように北枕になった祖父の姿があった。白衣には茵《しとね》が掛けられ、その枕元にはくすんだ色の屏風《びょうぶ》と、小案と呼ばれる小さな机《つくえ》が置かれている。机の上には守り刀、遺体の脇には米、塩、水などの神饌《しんせん》や故人がたしなんだ酒が並べられていた。

神官の斎詞《さいし》の声が朗々と響いている。斎主《さいしゅ》は祖父と親交のあった神社の宮司が司《つかさど》っていた。斎詞には読経のような陰々滅々とした雰囲気はない。神道の葬儀には死者を弔うと同時に、神の座に送るという目的があるからだ。斎主による玉串の奉納礼拝を眺めながら、死んだ祖父も地上から天に昇るのだろうかと、哲也はぼんやりと考えていた。

それにしても、祖父の死は突然だった。宮司の息子夫婦、つまり哲也の両親の姿すら、

第1章　出会い

この場所にはない。以前から祖父のあとを継いで神主になるのを拒んでいた父は、母といっしょに東京に出て独立している。氏子衆《うじこしゅう》の長老格である町内会長の話では、生前から祖父は父親よりも哲也の方が宮司として適していると考えていたらしい。神事による葬儀を目の前にして、彼は祖父のあとを継ぐことが自分の運命だと感じはじめていた。

「爺ちゃん……なぜいきなり死んじまったんだよ……」

蚊の鳴くような声で呼びかけていると、哀しみが押し寄せてきて、目頭が熱くなった。

「ひどいじゃないか、爺ちゃん。あんまり急だったから、オレなんか心の準備もできていなかったんだぜ。神に仕える宮司が、自分の死期ひとつ悟れなかったのかよ……」

グチをこぼしていると、どこか遠くから「哲也。哲也ったら……」と、呼ぶ声が聞こえてきた。聞き覚えのある、若い娘の声だ。

「哲也……。早く起きなさいったら、この、バカ新米宮司……」

夢から現実に戻ろうか、それとも、もうしばらく祖父の霊前にいようかと、彼は迷った。その判断の遅れが、致命的な結果をもたらすことになった。呼びかける声が、いきなり怒声に変わる。

「いつまで寝ボケてんのよ。さっさと起きんかいっ！　ボクと亜実はとっくの昔に起床して、仕事を始めてるんだぞっ！　まだ布団が恋しいってのなら、こうしてやるっ！」

次の瞬間、ばっさー、と景気よく、掛け布団が宙に舞った。まぶしさで網膜が焼きつきそうになる。

それに続いて、寝間着の裾《すそ》がめくれあがった。人里から少し離れた山手にある風間神社である。七月初旬とはいえ、今日の早朝はけっこう寒い。哲也は身を縮こまらせた。目だけを動かして見上げれば、源多香子《みなもとたかこ》の姿があった。紅白あざやかな巫子の衣装がよく似合っている。多香子は両手を腰にあてがっていた。射抜くような視線とは対照的な愛らしさに、哲也が両目をパチクリさせる。栗色のショートカットの下に、きりりと目鼻立ちの整った顔がある。怒りのため細い眉《まゆ》が吊《つ》りあがっているのを差し引いても、哲也と同じ二十代半ばの男性なら充分に美少女の範疇に入ると判断するだろう。

多香子のことなら幼い頃からよく知っているが、いつの間にこんなに色っぽくなったのかと思う。しかし哲也は、彼女の気の強い性格を知っていた。五歳以上も年上の青年に対し、まるで自分の弟みたいな口をきいてくるのだ。

「早く顔を洗って、朝食を取んなさいっ！　あんたがしなきゃならない仕事は、山とあるんですからねっ！」

こういう女を女房にしたら一生の不覚だ。と、哲也は心の中で断言した。その時、ふいに多香子の顔つきがおだやかなものになった。

「あれ。どうしたのよ、涙なんか流しちゃって」

前屈みになり、哲也の両目をのぞきこんでから、クスッと声に出して笑う。

「——そっか。お爺さんの夢をみていたのね。前の宮司さんは、やさしくて人望のある人だったから……」

不審な表情を返したのは、どちらかといえば祖父はお茶目で風変わりな老人だったからだ。ところが、次の瞬間、またまた彼女の表情が変わった。キリキリキリキリキリと跳ね上げ橋よろしく、眉の両側が吊りあがる、その角度は先ほどの五割増しだ。

「とっ、年頃の娘に、なんてものを見せるのよっ。この大バカ宮司っ！」

わめき散らすと同時に、持っていた掛け布団を投げつけた。

「どわーっ！」

上半身を起こしていた視界がまっ暗になり、そのまま後ろにひっくり返る。布団の下からハの字型に突き出た両脚の間で、白いブリーフがもっこりとテントを張っていた。

哲也の耳に、どすどすと廊下を歩き去る足音が聞こえてくる。

静寂に包まれた風間神社の、これが一日の始まりだった。

＊

「どうにもならんなぁ……これじゃ……」

本殿、拝殿の間の床に書きかけだったポスターを広げて、哲也はため息をついた。原色を多用してアイキャッチ効果を出すはずだったそれは、今では派手な色がゴチャゴチャしているばかりのただの紙屑《かみくず》にすぎない。

燃えるような赤で書かれた「風間神社夏祭り」というタイトルは、我ながらいいセンスだったと思う。しかし、その文字飾りが黒のマジックで塗りたくられ、見るも無惨なありさまにされていた。

犯人は、いわずと知れた多香子である。今しがた拝殿の間に入ってくると、ポスターの色使いに難癖をつけ、センスのなさに文句を言い、自分がもっと見栄えを良くしてやるからマジックを貸せと命令して数分後、修復不可能になったポスターと半日仕事をパアにされてうつろな眼差しを天井にむけている哲也を残し、「ゴメンねー」の一言と共に逃げ去ってしまったのである。

「あいつ、オレの朝立ちを見せられた恨みを晴らしやがったな……」

口に出してはみるが、確信はない。しっかり者そうで、肝心なところはきっちりドジるのが多香子なのだ。もっとも、同僚巫子の玉貫亜実《たまきあみ》ときたら、この比ではない。あの世にいる爺さんに、どんな巫子さん教育をしていたのか、問いただしてみたくなる。

「しょうがない。この裏でも使って巫子さん募集の広告を作るか……」

廃品利用の思いつきで自分をなぐさめながら、哲也はマジックを走らせた。あとひと月ほどで行なわれる風間神社主催の夏祭りに、半年目の新米宮司とドジな巫子さんふたりきりでは心もとないかなと懸念していた哲也だが、この期におよんで迷っている時ではないと悟る。

　裏返しにしたポスターにさらさらと「アルバイト巫子募集。期間、七月上旬より八月八日まで。給与、二十七万円」などと書きながら、さて、年齢制限をどうしたものかと筆を止めた。近くにある女子校などは基本的にアルバイト禁止なのだが、神社のバイトなら大目に見てくれることを彼は知っていた。そのあたりを考慮して、最低年齢を十六歳ぐらいにしておくことにする。

*

　広告を書きあげると、哲也は神社前の電柱に張りだしておこうと立ちあがった。そのとたん、股間《こかん》にムズムズしたものを感じる。多香子を怒らせた生理現象ではなく、尿意の方だ。

「年頃の男なら、チ○ポコが硬くなるくらいはあたりまえさ。それをオレの責任みたいに言いやがって……」

　布団を投げつけられたことを思いだしながらトイレにむかい、厠《かわや》の木戸を開ける。ちなみに風間神社の便所は水洗ではなく、いまだに古式ゆかしいくみ取り式だ。トイレと呼ぶより厠の方がしっくりくるのは、ここ風間神社ぐらいのものだろう。

「埴山姫神《はにやまひめのかみ》様、おじゃましますよー」

と、哲也が挨拶《あいさつ》した。埴山姫神というのは神道で言うところの厠の神様で、もちろん、実在する誰かにむかって声をかけたのではない。

　ところが、いないはずの「誰か」が実在した。その証拠に形のいい女性のお尻《しり》が、ピョコリとこちらにつき出ている。

「――へ……」

　予想もしなかった事態ではあるが、これはまずいことになったというぐらいは理解できる。しかし、男の性というのは悲しいもので、その時、哲也の視点はその持ち主ではなく、お尻本体の方に釘づけになっていた。丸みのあるこりこりっとした感じの、それでいて、さわれば手形がついてしまいそうに柔らかいお尻。水蜜桃《すいみつとう》という喩《たと》えがぴったりの、甘くてすべすべした感触を思わせる、

恥じらいから薄いピンク色に染まったお尻……。

あろうことなら目の前のお尻をこの手でぐいとつかみ上げ、いきりたったイチモツをつっ込んでやりたい……。そんな妄想に捕らわれていると、朝立ちを終えたばかりの股間のものが、またムクムクと元気を取りもどしてきた。かすかに鼻息を荒くしながら、哲也は視線をお尻からその持ち主へと移した。

そのとたん、心臓が止まった。

便座にしゃがみ込んでいたのは、多香子だったのだ。無言のまま、まばたきもせずこちらを凝視している。

哲也の全身から、脂汗《あぶらあせ》が浮かび出た。相手に覚られないようにゆっくりと後ろに下がると、静かに厠の戸を閉める。予想される事態にそなえて、両手の人差し指で耳の穴をふさいだ直後、それが来た。

「キャアアァァアァアーッッ！　誰かあぁぁぁぁーっ！　助けてえええぇぇぇぇぇーっ！痴漢よぉおおぉぉぉぉぉーっ！　人殺しいいいぃぃぃぃぃぃぃぃーっ！」

絹を切り裂く大声に、神社の建物全体がビリビリとふるえた。それと同時に、本殿外側にある縁側の通路をドタドタと走ってくる何者かの足音がする。

足音の主を知っていた哲也は、次に起こる出来事を正確に予測することができた。それは的中し、バッターン！　という多香子の悲鳴にも劣らずけたたましい物音が鳴り響く。

それに続いて、若い女の泣き声。

「ふっ、ふみ〜ん。だっ、だがござ〜ん。どぼがじだんでずがあ〜っ！」

現われた少女は、玉貫亜実《たまきあみ》だった。表情の変化に富んだ大きくてよく動く目に、こまっちゃくれた感じの鼻が愛らしい。目に鮮やかな紅葉色の髪が、彼女の行動性を物語っていた。表情のキツさが若干セックスアピールを損ねている多香子とは異なり、こちらは立っているだけなら完璧に美少女といえる娘である。亜実の問題は行動性に慎重さがともなわないことで、早くいえばオッチョコチョイなのだ。多香子とおない年なのに、二、三歳は確実に子供っぽく見える。両手で赤くなった鼻を押さえ、助けにきたんだか助けられにきたんだか判らない登場のしかただった。

亜実を見つめる哲也の後ろで、ぎぎいーっと不吉な効果音をたてて厠の戸が開く。ホラームービーのワンシーン顔負けの殺気と共に、多香子が現れた。頬《ほお》の筋肉をヒクつかせながら、哲也が愛想笑いをうかべる。額からこめかみにかけて多香子の筋肉もヒクついていたが、こちらは怒りによるものだ。右の拳《こぶし》を左手で包むと、彼女は指の関節をボキボキと鳴らせた。

「よく逃げなかったわ。破廉恥《はれんち》きわまる行為のご褒美に、息の根を止めてあげるから覚悟しなさいね」

カエルをすくみ上がらせる蛇の邪眼さながら、多香子の両目がギラリと光る。その背中に「多香子《だかご》ざ～ん」という亜実の声が浴びせられた。哲也の胸ぐらをつかんだまま、巫子の頭部だけが横に動いて亜実を確認する。彼女は頓狂《とんきょう》な声を出した。

「その鼻はどうしたのよ、亜実？」

「ずみばぜん。ごっ、転《ごろ》んだんでずう～」

つかんだ胸ぐらを、多香子が離した。床の上にへたり込んだ哲也を尻目に、今までの怒気を嘘《うそ》みたいに消し去って、亜実の頬を両手で包んで引きよせる。

「ちょっと見せてごらんなさいよ！　女の子が顔を粗末にしちゃあダメじゃない。――あらあら、アザになりかけてるわ。早く手当しないと――」

言うと同時に、多香子は亜実の身体を反転させ、その背中を押して奥の間に歩きだした。奥の間とは巫子たちが寝泊まりしている部屋で、救急箱などの日用品もそこにある。数歩行ってから急に立ち止まってふり返り、哲也をにらみつけた。

「急用ができたから今は許してあげるけど、あとで覚えていなさいね。拳固《げんこ》の一発や二発じゃすまないわよ」

哲也は床の上に尻餅をついたまま、心の中で天国にむけて「もうすぐ爺ちゃんに会いにいけるかもしれないよ……」と話しかけていた。

＊

「ううー。まだ、頭がガンガンする。多香子の奴、思いっきり殴りやがって……」

タンコブつきの頭と、丸めたポスター用紙。それに器に入れたノリに刷毛を抱えて、哲也は拝殿の間から外に出た。鳥居をくぐってから立ち止まって後ろを見、自分にとってはわが家のような風間神社を眺めている。

参道の向こうに、小ぢんまりとした本殿がある。拝殿の間、宮司の部屋、巫子たちが暮らしている奥の間や浴室などはすべてその本殿の中だ。その本殿と直角方向に社務所の建物が位置している。渡り廊下はほとんどないも同然なので、その間にある厠が本殿に属しているのか、社務所の一部なのかは定かではない。神様を祀《まつ》る本殿の中に厠があるのはまずいので社務所ということになっているが、本殿内で暮らしている彼や巫子たちにとっては、どちらでも同じことだった。

きびすを返し、哲也は鳥居前の道路の反対側に立てられている電信柱の前まで歩いていった。目の高さよりもちょっと低いところをだいたいの目安にして、刷毛でペタペタとノリを塗っていく。

十数秒後、哲也の手がふと止まった。カーブしている車道の脇で、ひとりの女の子が地面にしゃがみ込んでいるのが目に入ったのだ。年齢は亜実よりもさらに幼い感じで、子供服っぽい緋色系のワンピースを着ているために、一見したところでは高学年の小学生ぐらいにも見える。頭のてっぺんからぴょこんと突き出てリボンで結ばれているちょんまげ風の髪型が、かわいらしくもあり、どこか不思議な感じでもあった。光のかげんだろうか、ほんのわずかに緑がかった木賊色《とくさいろ》の髪が、周囲の森の色にごく自然に溶けこんでいる。

様子を眺めていた。

どうしたのだろう。急にお腹でも痛くなったのかな、と思いながら、哲也はその少女の様子を眺めていた。両膝《ひざ》を抱えて座り込んではいるが、その表情に苦痛を訴えている感じはない。むしろ、なにかに心を奪われているようだ。身動きひとつしない少女の視線の先にぽつんとひとつ、小さな葉叢《はむら》があった。歩を前に進め、哲也はその中をのぞいてみた。

草むらの奥で寝そべっていたのは、一匹の野良猫だった。小さな猫ではあるが、こちらはかわいらしいとはお義理にも言えない。全身がホコリや泥で汚れているのだが、なまじ体色が白であるために、よけいにきたなさが目立ってしまうのだ。ちょんまげ頭の少女はその猫と、互いに見つめ合ったままじっと動かないままでいる。数分後、しびれをきらした哲也が問いかけた。

「なにをしているの。そこにいる猫と話でもしているのかな？」

顔をあげて、少女が哲也を見上げた。二、三度まばたきしてから、問いかける視線を猫から彼に移す。

「……どうして判《わか》りました。私が『お話』していること……」

ひとりごととしてつぶやかれたと思うほど、それは静かな口調だった。理由《わけ》もなく、彼は自分の心がどぎまぎするのを感じた。あたふたと身振り手振りを交えながら、目の前の女の子に説明する。

「いや、その……。君が道ばたにしゃがみ込んだまま、ずっと猫とにらめっこをしてるからさ。てっきり猫と会話でもしているものだと……」

「……猫は人間と、お話をしません。——と、普通の人なら考えると思いますけど……」

「そ、そうだね……。つまり、オレって時々、もののけとか何とかそんな気配をぼんやり感じることがあるのさ。だから君も、オレと同じじゃないかなって、あははは……」

哲也が笑ってごまかそうとしたとき、ニコ、と少女が微笑《ほほえ》んだ。その視線が彼を通りすぎ、電信柱に張る途中だった「巫子さん募集」の広告にむけられる。少女は首を横にした。

偶然だろうが、その後ろで野良猫も同じように首をかしげる。

「……かざまじんじゃ……?」

「ああ。ほら、君の後ろ側にある参道のむこうが社《やしろ》なんだよ。よかったら来てみないかい。君みたいなかわいい女の子なら、参拝だけでも御利益があると思うよ」

「そうですね……」

少女は立ちあがり、哲也を見上げた。その時、ふっと哲也は少女の中に匂《にお》いたつものを感じた。小さな唇が動く。

「私を……雇ってもらえますか……?」

「そ、それはいいけど、年齢制限とか、クリアーしているのかな？」

「……大丈夫、だと思います……」

少女が口にした年齢は、多香子や亜実よりも二歳ほど年下だった。哲也の第一印象よりは年上だったが、それでも募集要項にある年齢の下限ギリギリである。少しばかり頼りなさそうだが、七月の上旬以内に何人の巫子さんが来てくれるのかさだかでない今は、とにかくひとりでも多く確保しておいた方が確実だ。哲也がＯＫを出すと、少女はペコリとおじぎをした。

「よろしく、お願いします……」

「こちらこそ、よろしく。――ところで君、名前はなんて言うの」

「……舞奈……御鏡舞奈《みかがみまな》……といいます」

「舞奈ちゃんか。いい名前だね」

哲也の言葉に賛同するように、草むらの中で野良猫が「ミウ」と鳴いた。

＊

「へーっ！　もう巫子さんのバイト、見つかったの。すごいじゃない、哲也！」

「まあね。でもまだなんにも知らない子だから、着付けとか教えてやってくれないか」

「この多香子様に、まかしときなさいって。あっという間に、巫子完成バージョンを作りあげてみせるから」

「亜実もてつだいますよぉ。面白そうですねぇ～」

世にも恐ろしいものを哲也が見たのは、それから数十分後だった。

本殿の廊下を迫ってくるその恐怖は、ズルズル、ズルズル……という、肌に粟《あわ》を生じせしめる異音から始まった。例えるなら、不死の呪いによって甦《よみがえ》ったリビングデッドが獲物となる人間を追いつめていくときの、あの不気味な足の運びにも似た音。さらに耳をすませば、時おり、ボテ……という、肉体から腐肉が地に落ちるかのような響きすら混じっているではないか。

皮膚感覚を損ねる異音をともないながら、それは刻一刻と、廊下の端《はし》で立ちつくす哲也に近づいていた。その後から、悲嘆にくれた亜実の声が続く。

「あ～ん。舞奈ちゃん、ダメですよぉ～。まだ帯を、きちっと締めてないですからぁ～」

ゾンビの正体は、舞奈だった。ズルズル……という音は、小さい身体に巫子衣装のサイズが合わず、袴の裾を引きずる音だったのだ。しかし、この時点ではまだ、ボテ……という腐肉の剥《は》がれるに似た音の解明がなされていない。その音の正体は……。

「……あ……哲也さん……こんばんは……（ボテ……）」

それは、袴の裾を自分の足でふんづけて、少女がコケる音だった。

うつぶせに寝そべったままの少女を見おろしながら、哲也は自分の両目が点になるのを感じていた。めまいと共に、夏祭りの失敗とそれにともなう神社財政の赤字化、氏子衆による叱責及び責任追及、その帰結としての宮司職の解雇と、わが家のように住み慣れた風間神社を追われてホームレスになるまでの一連の暗黒の未来を、彼は容易に予測できた。

＊

「あれから、どう？　新米巫子さんの様子は」

廊下を通りかかった多香子に、哲也は恐るおそる尋ねてみた。舞奈が風間神社で働くようになってから、今日で四日目である。ぼちぼち使えるかどうか判るころだ。

「悪くないわよ。ぽえ〜としながらだけど、仕事は手早くこなしているみたいだし」

予想に反して好意的な多香子の答えに、哲也は両目をしばたたかせた。しかし、ぽえ〜としながら仕事は手早くしているという言い方は、まるきり矛盾しているような気がする。その点を問いただすと、彼女は考え込んだ。説明のしようがないと言わんばかりに、肩をすくめてみせる。

「仕事ぶりが不安だったら、自分の目で確かめてみたら」

そうすると答え、舞奈の居場所を尋ねると、本殿の前庭を掃き清めているという返事がかえってきた。少女が働いている場所に、行ってみることにする。

＊

本殿前では舞奈が竹ぼうきで地面を掃いていた。初対面のときと同じぽえ〜とした顔つきでほうきを使う少女を、境内に置かれた二匹の狛犬《こまいぬ》が見おろしている。とてもではないが、多香子のようにてきぱきとしていない。ドジ娘の亜実だって効率は悪いがそれなりの動きはする。多香子の「悪くないわよ」と言った意味が判らず、哲也は不安になった。

しかしよく観察すると、彼女の言葉が間違いでなかったことが理解できた。竹ぼうきを動かす動作こそ心もとなかったが、それに掃かれるゴミの動きはあざやかと言っていいくらい秩序だったものだったからだ。

一般に神社境内のゴミといったら、参拝客が落としていくちり紙とか売店のジュースの袋とかアイスキャンデーのバーとかだが、境内に敷かれている玉砂利の中からそうしたゴミだけを選別して掃いていくには、かなりの熟練がいる。多香子ですら、巫子生活三年目にしてようやく会得したというレベルで、亜実にいたっては及第点にはほど遠い。簡単そうに見えて、掃除道もこれでなかなか奥が深いのだった。

しかし舞奈の場合は、そういう努力や経験とは別のところに才能がある感じだった。ぼんやりどこかを眺めながらほうきを動かしているだけなのに、その先にある枝が勝手にゴミをはじき、はじかれたゴミはあたかもなにかに命令されたみたいに一箇所に寄せ集まっていく。その一連の流れに感嘆していると、少女の動きが突然停止した。突然、舞奈の周囲一メートルの範囲だけ時間が止まってしまったみたいだ。硬直した視線の先に一本の杉の木があり、彼女の目はその下の地面にむけられていた。

（ああそうか……。またなにかと『お話』してるんだな。でも、木の根っこなんか見て、なにと話をしているんだろう？）

哲也が近づくと、舞奈がふり返った。人間の気配を察知して、なにかが気配を断ったようだ。わずかに表情を硬くする少女に、頭を掻《か》いてみせる。

「ごめんごめん。せっかく『お話し中』だったのに、相手を警戒させちゃったみたいだね」

「……わかりますか……哲也さんにも……」

舞奈の目つきが柔和になった。そんな気がしただけだよと断ってから、相手がなんなのか尋ねてみる。

「……木の下にいる、セミさんたちです。質問にお答えしていたんです……」

「セミ……？　いったい、どんな質問をされたの？」

「……セミさんたち、地面の中にいて外の様子が判らないらしいです。もう仲間は鳴きはじめているかと聞かれたので、まだ数は少ないけど、あちこちで声がしてるって教えてあげました……」

「ふうん。それで、セミはどう答えたの？」

「……仲間がいるのなら、出てくるって。『先んずれば他ゼミを制す』そうです」

ふたたび舞奈が杉の根本に目をやる。根っこの端の土がモコリと持ちあがったかと思うと、茶色の幼虫が姿を現した。六本の足をひっかけて器用に木を昇っていく。少女の頭よりも一メートルほど高いところで止まると、そのままピクリとも動かなくなった。数分後、硬そうな背中がパカリと割れ、その間からまっ白い羽を持つアブラゼミの成虫が姿を現す。

哲也は目を見開いた。

「超能力か……。ほんとうに君は、地中のセミと交感していたんだね……」

「……超能力ではありません。誰でも持っている能力《ちから》ですから。ただ、普通の人はできないような状態になっているだけだって、おばあちゃんが言っていました……」

「というと、舞奈の家族も全員、そんな能力の持ち主だったの？」

「……いいえ。父や母にはこんなことはできませんでしたし、私もおばあちゃんの能力をすべて受け継いでいるわけではないのです。おばあちゃんは私などよりも、ずっとすごいことができましたから……」

これよりもすごい能力というのは、どんなことができるのだろう。哲也には想像もつかなかった。その時、不意に舞奈の表情が翳《かげ》った。口の端に出かけた疑問の言葉を、哲也は止めた。祖母のことを話す舞奈の言葉が過去形になっていることに気づいたからだ。

「そうか……。君のおばあちゃんは、もう亡くなっているんだね……」

少女がうなずいたとき、杉の木の背後にある草むらがガサガサと揺れた。セミではなさそうだなと思いながら注意を凝らすと、野良猫の耳の先がぴょこんと突き出ているのが見えた。ほんの少し「ピピピ」してから、舞奈が哲也に話しかける。

「……猫さんが私に聞いてもらいたいことがあるそうです。よろしいでしょうか……」

「ああ、いいよ。君の仕事はもう終わっているから」

「ありがとうございます」

草むらの中から野良猫が出てきて、境内の後ろにある森の中に入っていった。ペコリとおじぎをしてから、舞奈がその後について歩く。哲也は立ち去ることにした。これ以上少女の邪魔をしては、悪いような気がしたのだ。

＊

境内から森に足を踏み入れると、舞奈は立木の下にしゃがみ込んで野良猫と「ピピピ」状態に入った。猫の身の上話が、少女の心に流れ込んでくる。

『――というわけなのよ。まったく、あの宿六ときたら、私という者がいながら若い雌猫《めす》にちょっかいばかり出してるんだから、どうしてくれようかって——』

『……すみません。私、まだ男と女のことはよく判らないですから……』

舞奈の困惑に、野良猫が苦笑いの意識を返した。

『考えてみれば、こんな話は無理よねえ。舞奈ちゃんはまだまだ子供だもの』

『子供……ですか……』

『あれ。もしかして、舞奈ちゃん、怒っているの？』

尋ねてから、猫は悪いことを言ったと気づいた。でも、少女の反応には興味がある。もともと猫という動物は好奇心のかたまりなのだ。

『子供扱いされていることに、不満を持っているのね。今しがた横にいた、若い男のせいかしら？』

『……そんなこと、ないです……』

『あいつのこと、好きなの？』

『……判りません。でも、もしそうだったとしても、私

は他人《ひと》を好きになってはいけないんです……』

『その時間が自分にはないと、判っているから？』

あえて残酷な質問をしたのは、友情のなせる業だ。舞奈はうなずいた。

『それじゃどうして、この神社に来たの。あの男に期待しているからでしょ』

無言のまま、舞奈は立ちあがった。自分から猫との交信をうち切って神社に戻りかける。

その後ろから、野良猫が「声」をかけた。

『そんな風に心を閉ざしていたら、いつまでたっても想いは届かないわよ……』

舞奈は答えなかった。好きになることが新たな悲しみを生むだけだと承知していたからだ。それぐらいなら、自分のことを理解してくれるだけでいい……。

＊

本殿に戻った哲也を、多香子が待っていた。両手を腰に当ててにらみつけるポーズからして、待ち受けていた、といった方が正解だろう。

「どこへ行ってたのよ！　さっきから、あちこち探し回っていたんだから！」

頭ごなしの怒鳴り声に、哲也がきょとんとした表情を返す。今日はたしか一日中、暇なはずだが……。

「なにかあったのか？」

「あったもなにも、大入り満員よ。アルバイト巫子の応募者が一度に三人も来たのっ！」

ポンと、哲也は両手を打ち鳴らした。世の中が急に明るく見えてくる。

「おー。それは朗報だっ！　いばり屋とドジ娘に、ピピピ少女の三人きりで夏祭りに突入する羽目にでもなったらどうしようかと、マジで悩んでいたところだからな」

「誰がいばり屋よっ！　さっさとこっちへ来なさいっ！　今から、巫子さん志望者たちの面接があるんだから」

「いでででででで……。オレの耳を引っぱるな。ちぎれたらどうすんだよ」

「買ってやるわよ。そんなもん！」

「オレの耳は、百円ショップの小物じゃねえってば……」

＊

巫子志望者たちを待たせてあったのは、社務所の中だった。部屋の前で襟を正してから、哲也が厳かに戸を開く。その後からしおらしく多香子が続いた。

中では亜実に案内された三人の娘が、畳の上に座って宮司の到着を待っていた。軽く会釈してから、多香子と亜実を紹介する。あらためて、哲也が三人を眺めた。

「今度は、あなた方がひとりずつ立って、自己紹介してみてよ」

最初に立ちあがったのは、哲也とほぼ同年齢かそれ以上と思われる、おとなしそうな感じの女性だった。一番年長者ということもあるだろうが、落ちついていて、この場にいる女性たちの中で最も巫子さん的な雰囲気がある。

「平坂有里《ひらさかゆうり》と申します。一生懸命働きますので、よろしくお願いいたします」

そう言いながら静かに礼をすると、長い黒髪がさらりと肩から流れ落ちた。心の中で哲也は、即採用を決めていた。

二番目に立ったのは、頭の両側をリボンで結んでぼんぼりのような髪型にした少女だった。年齢は多香子たちと同じくらいだろう。元気がいい上に巨乳なものだから、立つ動作と共にバストがブルンと揺れた。ペコッと頭を下げてから、少女が自己紹介をはじめる。

「えー。わたしは上薙《かみなぎ》——ぐううぅぅぅぅ〜〜」

上半分が口から出た言葉で、後半がお腹のあたりから出た音だった。早い話が、腹の虫が鳴ったのだ。

「上薙ぐうさんなの、めずらしい名前ねぇ」

ひやかす声を出したのは三番目の女性だった。有里以上に長いウエーブのかかった長髪で、豹模様のタンクトップと黒いスカートが露骨に男を挑発している。派手な服装をまとった女は、一同の注意が自分に集中していることに気づくと「よっ」と挨拶をしてから、座ったまま話しかけてきた。その態度から判断するに、年齢は多香子たちよりもひとつかふたつ年上だろう。

「ワタシは八房京華《やふさきょうか》ってんだ。よろしくな」

そのとたん、哲也の横にいた多香子が声を荒げた。

「京華さんね。一言いっておきますけど、自己紹介する時には、立ちあがるのが礼儀ではないかしら？」

「——はいはい」

面倒《めんどう》くさそうに立ちあがると、棒読みのようにさっきと同じ言葉をくり返す。その挑戦的な態度に加えて、続いた物言いに多香子がカチンとくる。

「いちおう聞いとくけどさ。月給二十七万って広告、間違いないでしょうね。ワタシはだまされるの、嫌いなのよね」

「あんたねえ。これから同僚になるかもしれない娘《こ》を開口一番でおちょくったあげく——」

「おちょくってないわよ。腹の虫鳴らしたのは、ワタシじゃないもん」

「………」

黙り込んだまま、多香子が二、三歩後ずさる。しかしこの動作は、京華の威圧感に気圧されたからではなかった。哲也の耳元に自分の顔を近づけるためだ。さりげなく耳に唇を寄せ「この女、不採用にしてよ」とささやきかける。あさっての方向を向いたまま京華が言った。

「おーい。聞こえてるぞー」

しばし、哲也は無言だった。いったんは多香子の意見に従おうとした彼だが、この女なら多香子への牽制に使えるかもしれないと思い直していたのだ。自分の代わりに多香子の怒りを買ってもらえるなら、ひとり分のバイト料ぐらいは惜しくない……。

「京華さんですね。それでは、採用させていただきます」

「なっ、なんで……」

「やったっ！　さすがは宮司さん、ひと目で人間の価値が判るのね。どっかの巫子なんかとちがって、ネチネチしてないもん」

「ねっ、ネチネチ、ですってぇ――」

激ヤバ状態に入ろうとする多香子を、亜実が袴の裾をつかんで押しとどめる。哲也は彼女を静めるためにも、採用理由を話す必要を感じた。

「えー。あとひと月で、この風間神社主催の夏祭りが始まります。参拝客が一度に来るうえに、実を言いますと私もなりたての宮司なので、少なくとも六人は手助けが欲しいなと思っていたところなのです」

その言葉に、先ほど腹の虫を鳴らした女が、パッと顔を明るくする。

「そっ、それじゃ、わたしも採用ですかっ！　――よかったあー。最初にみっともないとこ見せちゃったんで、あっさりクビかなと思ってたんです」

「あなたは大丈夫よ。こんな女でも即採用だもん」

「こっ、こんな女だと――」

「あーん。多香子さんも京華さんも、ダメですぅ～」

亜実が必死で割って入り、なんとかその場は収まった。その時、哲也の後ろで、社務所の戸が音もなく開いた。その場にいる全員の目が、そちらに向く。ほたほたとした足取りで舞奈が入りってくると、哲也にペコリとおじぎをした。

「猫さんとの『お話』が終わりました。許可していただいて、ありがとうございます」

「猫さんと話って、なんのことよ……？」

「舞奈ちゃんは、野良猫さんと交信ができるんですぅ～」

説明する亜実に、京華の両目が点になる。

これから本殿の拭《ふ》き掃除をしますと告げ、沈黙したままの娘たちを残して舞奈は社務所を出ていった。その直後、別の方向からぐうーと鳴る音が聞こえてくる。

「またやっちゃいました。あはははは一。――わたし凛《りん》、上薙凛といいます。よろしくぅ」

「はぁー。なんか、妙な人たちが集まったものねぇ……」

さしものつっぱり娘・京華も、毒気を抜かれた顔をしていた。

第2章　有里

人が他人について評価を下すときには、実は自分について語っているものだと、祖父に教えてもらったことがある。新米巫子たちが仕事についてから三日後、哲也は「妙な人たちが集まってきたものね」という京華の言葉を思い出していた。そのつっぱり娘が両脚をふんばり、額に脂汗を浮かべた必死の形相で、参道前の鳥居をわっしと抱きかかえているではないか。その顔の色は鳥居の朱よりもさらに赤い。哲也は深いため息をついた。

「京華……。君と有里さんだけは、ギャグキャラクターには堕ちないと期待していたのに……」

その日の朝、哲也は新米巫子さんたちの働きぶりと、多香子、亜実の古参巫子たちとの間がうまくいっているかどうかを観察するために、神社の中を一周してみることにした。

しばらく歩いてみて判ったことは、今までシリアスキャラと思われていた女たちの顕著なギャグキャラ化である。ピピピ少女の舞奈と、腹ペコ娘の凛と、ドジ女の亜実は期待をかけるだけ無駄だと考えていたが、亜実にしても一年以上の巫子生活を送っているのだから、先輩面ぐらいはできるだろう程度の期待はあった。ところが早々、本殿廊下の雑巾がけで大ドジをやらかす始末。なんとまあ、雑巾の絞り方を知らないことが判明したのだ。バケツの水につけて、ただギュッと強く握るだけ。新米巫子たちのあきれ顔にいたたまれなくなって、哲也はその場を後にした。

もうひとりの古参巫子、源多香子はさすがに亜実ほどドジっぽくはない。シリアス目は充分に残っている——はずだった。「あしたのジョー」のボクシング理論を掃き掃除に応用しさえしなければ……。

「ほうきの使い方は、大地をエグるように掃くべしっ！」

新米巫子を前にしたその一言で、多香子もあっさりとギャグキャラの仲間入りをした。これで残されたシリアスキャラは、有里と京華のふたりのみ。——その一方の雄である京華が、目の前で両足をガニ股《また》にして鳥居を抱きかかえているのだ。

それにしても、彼女はこんなところでなにをしているのか……？

哲也が思い至ったのは、京華は盗賊なのだという説だった。もともと金銭感覚が鋭く、給料分しか身体を動かさないわよと明言し実行すらしている彼女である。巫子として働いているうちにこれでひと月二十七万は安すぎると考えたとしても不思議ではない。不満を募らせる彼女の目の前にあったのが朱色の大鳥居。高価な木材を使用し、盗んでくれと言わんばかりに境内に鎮座している。二、三トンとやや大きめの重量が気がかりだが、欲がからめば腕力も出る。古物商のところまで運べば数十万の値はつくと判断したにちがいない。神社の社務所に行けば金庫とか、もっと手っ取り早く本殿の賽銭箱とか、金目のものが他に考えられないでもなかった。しかし、優秀な盗賊であればあるほど、単なる目先の利益ではなく「派手なものを盗んで、世間をあっと言わせてやりたい」という欲求から逃れられなくなるものだ。そうした京華にとって朱色の鳥居はまさに、うってつけだったと言わざるを得ない。

「――このアホっ！　さっきから聞いてりゃ、なに寝ぼけたことつぶやいてんのよっ！」

少しばかり声に出ていたようだ。しかし、それならば泥棒説の他に、どのように正当な理由づけが考えられるというのか……。

「こっ、この鳥居の根本が腐ってたのよっ！　わっ、ワタシがちょっと寄りかかったら、いきなりぐらーっときて倒れそうになったんじゃない。それを必死で支えているところだってのが、判らないのかっ！　このマヌケ宮司《ぐうじ》ーっ！」

激高しながらも、理路整然とした説明には説得力が感じられる。しかしなぜ、仕事の最中に鳥居によりかかる必要があったのか。哲也はその点を問いただしてみることにした。

「ちょ、ちょっと、サボりに来てただけよっ！　そしたらこの鳥居がいきなり倒れかかったんで、もしそうなったら、わっ、ワタシの給料から損害分をさっ引かれるんじゃないかって恐くなってきて……お願いだから、手を貸してよぉ……」

哲也は理解した。京華の今の姿は、サボリに対する神罰ととらえることができよう。もともと鳥居が古く、前から根が腐りかけていたとか、そういうことは瑣末事である。

京華に対する詰問は後回しにして、彼は鳥居を元に戻す作業に取りかかった。うんしょと力を合わせて、とりあえず横にしておくことに成功する。地面の上にへたり込んだまま、京華は両肩をゼーゼーと上下させていた。

「こ……この上弁償代を払えなんて、無慈悲なことは言わないでしょうね……」

「言うわけないだろ。もうすぐ取り替えるつもりだったんだから」

その説明を聞いて力が抜けたのか、京華の上半身がくた～と前のめりに倒れ込む。額を地面につけた姿勢のまま、エネルギーが切れたロボットのように動かなくなった。

＊

新しい巫子たちの生活も落ちついてきた頃だった。

「有里さんですけど、変だと思いませんかぁ～？」

そう廊下で話しかけられた哲也は、腕組みをして考え込んだ。ギャグキャラはさておいたとしても、亜実のドジぶりは充分に奇人変人のレベルである。その亜実に変な人呼ばわりされては、有里さんも浮かばれまいと思う。

「今日は朝から暑かったからな。亜実、少しは休んだ方がいいぞ」

「ええ。私もそう言ったんですけどぉ～」

話がどこかで、食いちがっているようだ。

「誰が休むんだって？」

「有里さんです。あの人、元々、身体があまり丈夫じゃないですしぃ～」

有里が虚弱体質であることは、哲也も知っていた。だが、それとこれと、どういう関係があるのか？

「今しがた、ちょっとした用で、本殿の前庭に行ったんです。そうしたら、このカンカン照りの中で有里さんひとり、掃き掃除を続けていたんですよぉ～」

「舞奈は、どうしたんだ？」

「野良猫さんとピピピってました。サボってちゃダメよって言ったら、さっき多香子さんが来て、日射病にかかるといけないから、少し休みなさいと言ったそうでぇ～」

「それでも、暑い最中の掃き掃除をやめなかったのか……」

たしかに変だと哲也も気づく。素直さとおとなしさでは、六人の巫子たちの中、有里が一番だろう。凛も素直な少女だが、おとなしいとはお世辞にも言えない。先日も腹の虫に堪《こら》えきれなくなった凛に、お菓子代わりに指をしゃぶられたばかりだ。もしかしたら、山《やまん》姥《ば》か妖怪二口女の生まれ変わりかもしれない。――話題を元に戻そう。

「有里さんですけど、なにか、自分をいじめているみたいな感じがしませんかぁ～」

「たしか、有里さん、離婚経験があるんだったよな……」

本人から、チラリと聞いた話である。

「判《わか》らないのはむしろ、あんな美人と結ばれて離婚することのできる男の心理だよな……」

思わずひとりごちると、どうしたわけか亜実の視線がキツくなった。そっぽをむいてか

ら思い直したように、

「その離婚の理由ですけど、有里さん、自分の方に責任を感じているみたいでぇ～」

「それも、本人が言ったのか？」

「ええ。はっきりとでは、ありませんけどぉ～」

自分に責任があるというのは、どういうことだろう。亭主に対し家庭内暴力をふるったなどとは想像もできないし、凛みたいにオバQ並の食欲があるわけでもないし、日の前の少女みたいに家具や食器を壊しまくる趣味もなさそうだし……。

その時、いつものぽえぽえとした足取りで、舞奈が現れた。――いや。心なしか、息を切らせているようにも見える。

「……あの……有里さんが、倒れました……」

「――えっ！」

「……日射病で。とりあえず日陰に運んでおきましたけど……」

哲也は走った。その後を舞奈が追ってくる。けっこう速い。亜実は予想どおり、なにかにつまずいてコケていた。

＊

「有里さん！　有里さん！　大丈夫か。しっかりしろ！」

薄く目を開き、有里は自分を抱きあげている男を見た。ほんのわずか、その身体が拒むような動作をする。それからまた、フッと意識が遠のきかけた。

おそらく舞奈が呼吸を楽にするためにそうしたのだろうが、はだけられた有里の胸元に思わず目がいってしまう。柔肌の上に浮かぶブラジャーの黒いレース模様が、日に焼きつきそうだ。

「有里さん。ほら、オレの背におぶさって。今、奥の間に運んでやるからな」

「大丈夫です。私一人で、歩けますから……」

と、気丈にも有里が答えるが、体力がついていかない。有無を言わさず彼女の身体を起こし、舞奈に手つだわせて背中にしょわせた。

「哲也さん。すみません……」

宮司の背中に押し当てられていた腕から、安心したように力が抜ける。ややあって彼は、細い腕が自分の肩に回されるのを感じた。

「すみません……」

と、もう一度、有里がつぶやいた。

＊

奥の間に運び入れてから、舞奈と亜実に命じて布団を敷かせ、有里の身体を横たえる。額の上によく絞った手ぬぐいを乗せてから、掛け布団をかけてあげる。そんな哲也を、有里は薄く目を見開いたまま見上げていた。

「具合は、どう？」

「すみません……。だいぶ、よくなりました……」

「身体を大事にしなきゃダメだよ。有里さん、他の人よりも少し身体が弱いんだからさ」

「申し訳ありません。ご迷惑をかけて……」

そのうちに、事件を聞きつけた多香子や京華たちもやってきた。亜実から大事はないと説明されて、ホッとした顔になる。有里がふたりに顔をむけた。

「申し訳ありません……。私が不注意だったばかりに……」

「いいのよ。日差しが強いから休憩を取るように、はっきりと言わなかったボクも悪かったし……」

多香子の言葉は、有里の心を慮《おもんぱか》ってのことだろう。

「休憩するのは、掃除を終えてからの方がいいと思いまして……」

「そういう几帳面《きちょうめん》なあんたの性格が、こんな事態を招いたとも言えるんだぜ」

と、京華が口をはさんだ。年上の有里に対して同年齢のような口のきき方をする。こちらはもう少し、ざっくばらんな性格を直した方がいいようだ。

「そうですね……」

有里が照れくさそうな笑みを浮かべたとき、多香子が突然、ポンと手を叩《たた》いた。

「そうそう。忘れてたわ。夏祭りに来る露店商たちが場所決めをしなければいけないんで、社務所に集まっているんだっけ」

「それなら、オレも行った方がいいかな」

哲也の意見に、多香子は首を横にした。

「露店の場所は組合の人たちが自主的に決めることで、神社側としては確認するだけだから、宮司が来るまでもないでしょう。ボクひとりで充分だよ」

「多香子さん。多香子さん。わたしも立ち合わせてくれないかな。お願いだから」

と、今まで黙っていた凛が突然口を開く。なにか魂胆がありそうなので問いただしてみると、口からよだれをたれ流さんばかりの顔つきになった。

「決まってるじゃないですか。今のうちに顔を覚えてもらっておいて、露店が出たときに挨拶《あいさつ》して回るんですよぉ……。ぐふふ……」

「要するに、後でタカろうって魂胆ね。その経済観念、気に入ったわ。ワタシもつきあう」

と、京華も威勢よく名乗りをあげる。その横で、舞奈がボソボソ声を出した。

「……私は、境内の掃除が残っていますから……」

「じゃ、それで決まりね。哲也はここにいて有里さんの様態を見ていてくれない。亜実はボクといっしょに来て」

「どうしてですかぁ。多香子さんと凛さんと京華さんの三人がいれば、充分だと思いますけどぉ〜」

その意見を聞き終える前に、多香子が同僚の耳をひっぱった。

「凛はともかく、京華の行動が心配なのよ。こいつのことだから、ボクの見ていないところで露店商に賄賂を要求しかねないわ」

「おーい。聞こえてるぞー」

＊

五人の巫子たちがぞろぞろ出ていくと、奥の間は急に静かになった。寝床に伏《ふ》せている若い女性の前に座りながら、なんとなく居心地が悪い哲也だった。クスリと、有里が小さく笑う。

「とてもいい人たちですね。みなさん」

「そうだね。でも、どういうわけか宮司としては気苦労が絶えないんだけど……」

「それは、哲也様が殿方だからですわ。みなさんに頼られているのです」

「そうかなぁ……」

「そうですわ」

しばしの時が流れた。ふと、有里が話しかけてくる。

「私、後悔していますの……」

「風間神社に来たこと？」

「いいえ。些細ないさかいで、家庭を棒にふってしまったことをですわ。夫の心を、理解していなかったのです……」

天井にじっと目をやる有里に、哲也は言葉をかける必要を感じた。

「有里さん。よかったら、オレに話してみてくれない」

「ダメですわ……。所詮《しょせん》は夫婦間の出来事。それに、一度こぼれてしまったミルクは、元には戻せませんもの……」

答える有里の目がうるんでいるのを見てとり、彼は謝った。

「ゴメンね、有里さん。余計なことを言ってしまって」

有里が顔をこちらにむけた。その目から、涙が糸を引いてこぼれ落ちる。

「哲也様のこと、嫌いですわ……」

「どうして……？」

「あの人と、雰囲気が似ているから……」

「一日休んだら、だいぶ元気になったみたいだね」

「はい、哲也様。おかげさまで、もうすっかりよくなりました」

一度はどうなることかと思ったが、日射病によって熱が身体にこもっただけだから回復は早かった。二日後には、有里はいつもと同じように朝食を取り、本殿前の掃除に精を出していた。彼女の横で、舞奈が心配そうな顔をする。

「……まだ完全に回復してはいないのですから、あんまり根をつめてはだめですよ……」

「はい。大丈夫です」

というやりとりも、年下の少女の方がお姉さんっぽくてほほえましい。これなら心配なかろうと、哲也は他の場所を見回ることにした。

＊

「あれれ？　京華さんが働いているのに、多香子の姿がない……」

「どーせ、ワタシは常習のさぼり魔ですよ」

＊

雑巾を手にしたまま頬《ほお》をふくらますつっぱり娘に、哲也があわてて詫びを入れる。唯我独尊の反面、京華には律儀なところもあった。自分が給料分の仕事と認識している範囲内では絶対手を抜かないのだ。彼女の指が、上にむけられる。

「多香子なら二階にいるわ。夏祭りには神社関係のお偉方も来るから、拭《ふ》いといた方がいいって上がってったから」

本殿の二階には一般拝観者は上がれないのだが、神社の関係者は例外になっていた。いい機会だから掃除しておこうと思ったのだろう。哲也は拝殿の間に背をむけた。

「どうしたの。二階に行って多香子の仕事ぶり、チェックしていかないの」

「まあ、あいつなら心配ないだろ。誰かさんと違って」

「ぶー」

*

本殿からもう一度、前庭に出ることにした。凛と亜実がお神籤《みくじ》作りをしている社務所に直線で行けるからだ。

草履を履いて外に出ると、舞奈がほうきを手にしたまま上を見ているのが目に入った。

少女が眺めているのは、本殿二階の方角らしい。建物と「ピピピ」状態に入ったのだろうかと思いながらその方角に顔をむけると、一心不乱に手すりを拭いている多香子の姿が見えた。この角度からだと、袴のすそから太腿《ふともも》まであらわになって、すこぶるエロチックだ。目を凝らせば、パンティの色まで判別できそうである。

「おーい、多香子ぉー」

手をふってみせても、返事がない。もう一度呼びかけると、怒鳴り声が返ってきた。

「うるさい、バカっ！　子供みたいに、いちいちはしゃぐんじゃないっ！」

どうしてこれぐらいのことで怒るんだと不審に思いながら、哲也は注意することにした。

「そんなに前に身を乗りだすと、落ちるぞー。その上、下着まで丸見えになるぞー」

二階の手すりから、多香子の姿が消えた。なんとなくヤバそうな雰囲気を感じていると、目の前に走り降りてくる。一戦交えようという顔つきに、哲也は狼狽《ろうばい》した。

「ど、どうしたんだよ多香子。オレが悪かったんなら詫びるから、許してくれよ」

「誰が、そんなこと言ってんのよっ！　ボクが怒ってるって、いつ言った！」

ケンカ腰で否定されると、なんと答えていいか判らなくなる。その時、日陰でほうきを動かしていた有里がやってきた。

多香子をなだめてくれると思い、ホッと胸をなで下ろす哲也。ところが、なぜか彼女まで非難がましい目をこちらにむけてきたのだ。彼はさらにあせった。有里が言う。

「哲也様に少々お聞きしたいことがありますので、ご足労願いたいのです。多香子さん、よろしいですか」

「……うん。ボクはかまわないよ」

はぐらかされた顔つきで、多香子は本殿二階に戻っていった。ため息をついてから、有里は宮司を人目につかないところにつれていった。

「哲也様はつくづく殿方ですのね。女性のことがお判りにならないのですから」

「どういう意味ですか、それは」

気色ばんで尋ねると、有里は急に、話しにくそうにモジモジしだした。

「女性には、その……日によって、機嫌の悪くなることがあるのです……」

数秒考えてから、哲也はポンと手を打ち鳴らした。

「判った。『あの日』だっ！」

「——て、哲也様。そのように大声で言うべきことではありませんので……」

「あ……ごめんごめん。でも、それだったら多香子が怒るのも無理ないか。あれって、つらい時にはシャレにならないくらいキツいっていうからな」

「ええ。人によっては、ほんとうに動けなくなることもありますのよ」

「助かりました。よく教えてくれました。有里さんは女神か観音様のような人です」

と、ペコペコ頭を下げる哲也。先日のお礼ですわとことわってから、有里があらたまった顔をした。

「でも、哲也様には、これはと思う人はいらっしゃらないのですか？」

急に話題を変えられても、心の準備ができてはいない。なにしろ、宮司になってからまだ半年目なのだ。それに、好きこのんで神社に永久就職したいと思う女性が、おいそれと見つかるとも思えないし……。

「でしたら、多香子さんや亜実さんはどうですか？　すでに、この神社に就職という形でおられるのですから、妻にむかえられても問題はありませんでしょう」

「あのふたりとなんて、考えたこともないなぁ……」

「そうでしょうか。私の目から見れば、それほど不釣り合いとも映りませんが」

「有里さん。そんな恐いことを言わないでよ……」

マジで身ぶるいを感じる哲也である。亜実ならともかくとして、多香子ではツノをとがらせた山の神になるのは必至だ。

「あまり近くにいすぎるから、いいところが見えなくなるんですわね。ちょうど、昔の私がそうだったように……」

ほんのわずか空を見上げてから、有里はクスッと微笑《ほほえ》んだ。前に見たさみしげな笑みとはちがう。どこかいたずらっぽい子供のような笑い方だった。唐突に、彼女が告げる。

「でしたら、私などはいかがですか」

「――ええっ？」

「冗談ですわ。ほんの、冗談」

ポカンとしている哲也を残し、有里は歩き去っていった。

＊

人間、誰にもひとつぐらいは長所がある。凛の場合はお掃除が大好きというのがそれだった。とはいっても、流れ出た汗を手にした雑巾で拭いてしまうくらいなのだから、きれい好きが理由ではないようだ。身体を動かすのが性にあっているのだろう。

問題は、掃除よりも好きなものがあると、そっちに注意を奪われてしまうことだった。その日も本殿のふき掃除をしていた凛は、神様の前に奉られたお供えに目を奪われていた。

（おいしそうな、お団子だなー）

一度その考えに取りつかれると、他のことはいっさい考えられなくなる。シャブの入った注射器を前にした覚醒《かくせい》剤中毒患者みたいなものだ。機械的に雑巾を動かす凛の横には、月曜日の今日から彼女といっしょに仕事のローテーションを組むようになった舞奈がいた。こちらはとうの昔に自分の割り当てを終えてしまい、空の雲さんと「ピピピ」状態に入っている。遙か数百メートル上空から、霧粒ほどの水滴の群が声をかけてきた。

『よう。地上は暑いかい。お空の上は気分がいいぜ』

『……すみません。遠いものだから、雲さんたちの声、ちょっと聞き取りにくいです……』

『俺たちも、もうすぐそっちへ行くからな。そうしたら、もっと近くで話ができるさ』

『……そうですね……』

　地上に心を戻すと、あれほど激しかった凛の「お団子が食べたいっ！」意識が、きれいさっぱりと消えていた。理由は簡単で、神前の机《つくえ》に置かれた皿が空っぽになっていたのだ。いくら凛でも、一週間前のお団子を食べたのではお腹をこわす。そう舞奈が注意しようと思ったとき、拝殿の間の戸が開いて、有里が入ってきた。お掃除ローテーションの交代時刻が来たのだ。怪訝《けげん》な顔で、凛が彼女に尋ねる。

「あれ。コンビを組んでいた京華さんは、どうしたんですか」

「ちょっと、頭痛がするって……」

「またサボりですか、困った人ですねぇー」

　有里の目が、お供えの皿にむけられる。そのとたん、凛は博愛主義者に急変した。

「ま、まあ、人間だれでも欠点はありますからー」

　くすりと、有里が笑う。拝殿の間を後にしながら、凛が舞奈に話しかけた。

「有里さん。以前と少し雰囲気が違うみたい。心なしか明るくなったと思わない？」

「……そうですね……」

＊

ひとりで拭き掃除をするのが、有里は楽しかった。

この神社に来てから、以前より健康になったような気がする。同僚の巫子は面白い人たちばかりだし、一生懸命に風間神社を盛りたてようとしている哲也には、女として好感がもてる。

有里がそんなことを考えているとき、拝殿の間にふらりと哲也が入ってきた。どことなく浮かない顔をし、口の中でブツブツなにかの言葉をとなえている。有里が耳をすますと、その文句が聞こえてきた。

「えー、高天原《たかまのはら》に神留《かむづま》り坐《ま》す……あー皇親神漏岐《すめらがむつかむろぎ》……神漏美《かむろみ》の命以《みことも》ちて八百萬神等《やほよろづのかみたち》を……えーと、それから……」

「大祓詞《おおはらえのことば》を暗記なさっていらっしゃるのですか。あんなに長いものを覚えなければならないなんて、宮司さんも大変なお仕事ですわね」

唐突に声をかけられ、哲也はぎょっとなった。大祓詞というのは神官が祭事を執り行うときに唱える文言《もんごん》で、宮司にとってみれば必須科目なのだ。現代文とはまるきり言葉づかいが違う上にやたら長いため、新米宮司の彼はまだ詞《ことば》のすべてを覚えきれないでいた。

「そ、そうですね。あはははは……」

あわてて答えると、哲也は恐縮しながら後ろ頭をかいた。集中するあまり、有里がいたことにも気づかなかったようだ。彼女が微笑みかける。

「亜実さんから聞きましたわ。月曜までに大祓詞を完全暗唱してみせるって、多香子さんと約束なさったそうですわね。がんばってくださいね」

「は、はぁ……。はははははは……はぁ……」

自信なさそうな笑い声が、むなしく宙に消えた。

ことの起こりは昨日、ささいなことで多香子と言い争ったのが発端だった。哲也をまだ半人前宮司とみなしている彼女が、大祓詞も話せないようじゃどうしようもないわね、と言ったのに、哲也が反発したのだ。

「あんなもの、簡単に覚えられるさ」

「へー。それじゃ覚えられなかったら、どうオトシマエをつけるのよ」

「オレも男だ。責任ぐらいはとってやるっ！」

「ふん。そんなセリフは、なにか大切なものを賭《か》ける自信があってはじめて叩けるものよ」

口論のあげく、もし哲也が大祓詞を言えなかったら、風間神社の御神刀を多香子がもらい受けるということになってしまった。重要な祭事に使う祓《はらえ》の刀《たち》を取りあげられれば、宮司の権威が地に落ちるばかりでなく、社《やしろ》としての行事すら滞《とどこお》ることになる。我ながらバカな約束をしたものだと気づいたが、後の祭りだ。

　宮司の部屋に戻るとさっそく暗記を始めた哲也だが、プレッシャーが障害になり、いくら唱えても詞が頭に入ってこない。無理に覚えようとすると、

（あの時、有里さんが言った言葉の意味は、オレに抱かれてもいいってことじゃなかったのか……）

などという余計な雑念がゴチャゴチャと入り込んでくる始末。焦った末、哲也は拝殿の間の神々しさの中で唱えれば、雑念も入る余地がないだろうと考えた。

ところが拝殿の間には、有里がいた。雑念を消すどころか増幅させる哲也に、鈴をころがすような声でささやきかけてくる。

「私はこちらでお掃除を続けますので、気になさらずに暗記を始めてくださいね」

　床の上に屈《かが》みこんで、有里は雑巾を動かしはじめた。その前では、畳に正座した哲也が机に置いた巻物を開いて大祓詞を語りはじめる。

「……天《あま》つ宮事《みやごと》以ちて、天《あま》つ金木《かなぎ》を本《もと》打《う》ち切《き》り……末《すえ》打《う》ち断《た》ちて……ええと……千座《ちくら》の置《おき》座《くら》に……」

　哲也のセリフが時々中断するのは、その視線が詞を記した巻物から掃除中の有里にむけられるからだった。しっとりと成熟した女性の色香は、若い多香子や亜実などにはないも

のだ。こちらにお尻《しり》をむければ、細い腰から伸びているなだらかなヒップラインが袴の上からでも判るし、前をむけば、ほっそりした体つきにはそぐわないほど豊かな乳房が、雑巾を持つ手の動きにつれてプルンプルンと揺れるのが見える。

（そういえば、有里さんの下着、黒だったよな……）

彼女が日射病で倒れていたとき、めくれあがった裳《もすそ》の襟元から黒いブラジャーがのぞいていたのを確認している哲也である。おそらく、パンティも同じ黒だろう。おとなしい有里さんには不釣り合いな色かなとも思ったが、男を知っている元人妻の身であれば、白の下着などよりもむしろ、こちらの方が自然に感じる。

（――いっ、いかんいかんいかんいかんっ！　暗記に集中せねばっ！）

必死に精神集中しようとする声に、社の外から聞こえてくる雨音が重なった。顔をあげた哲也の目に、窓の外を社務所にむかって走っていく舞奈と凜の後ろ姿が見えた。雨で境内の掃除ができなくなったら、社務所に行って多香子たちといっしょにお神饌の制作にはげむように言いつけてあったのだ。有里のお掃除パートナーである京華は、頭痛がするといって奥の間で休んでいる。どうせ仮病だろうが、治ったら社務所の手つだいをするように言っておいた。

（――ということは、今、この近くにいるのは、オレと有里さんのふたりきりなんだ……）

哲也と目が合ったとき、有里がニコリと微笑んだ。接着剤を引きはがすような感覚で、ふたたび巻物に視線を移す。

（おっ、覚えるぞっ！　オレはこの大祓詞を覚えるのだっ！）

次の瞬間、拝殿の間の静寂は、絹を裂くような悲鳴によって破られた。

「キャーッ！　いっ、嫌あーっ！　てっ、哲也さん。助けてーっ！」

驚いて立ちあがると同時に、有里が胸の中に飛び込んできた。思わず抱き返してしまう。柑橘系の薄い香水の匂《にお》いの奥に、女性らしい甘ったるい感覚があった。熟れて枝から落ちんばかりになっている、果実のようなフェロモンの匂い。そんな哲也の思いをよそに、有里はなおも叫びつづけていた。

「――いっ、いや。嫌。イヤーっ！　私、ダメなんです。たっ、堪えられない！」

「落ち着けよ、有里さん。いったい、なにがダメだって言うんだ」

ふるえる手で、彼女は自分の足元を指さした。

「おっ、お願いっ！　このネズミを追いはらってっ！」

そこにいたのは、体長四、五センチほどの一匹の小ネズミだった。うずくまった姿勢から頭部だけをちょこんとあげ、落ちつきなく周囲を見回している。

哲也は手の甲を小ネズミにむけて、しっしっと縦にふった。まるで、あっちへ行けというサインを受け取ったみたいに。ネズミが走り去っていく。ふるえたままの年上の女を抱き返しながら、彼は話しかけた。

「もう大丈夫ですよ、有里さん。ネズミは行っちゃいましたから」

「お、お願いです。……も、もうしばらく、このままでいてください……あ、足がすくんで、動けないんです……」

いまだ荒い息と共に、有里が懇願する。そのしぐさを、哲也は愛らしく思った。彼女の存在が、急に身近に感じられる。細い肩を抱く手が、さらに強まった。

自分でも気づかないうちに、哲也の右手が有里の背中から腰へと降りていく。細い腰をキュッと抱き寄せると、元人妻の全身がわずかに反り返った。うつむき加減だった顔が、哲也にむけられる。
二、三度まばたきしてから、有里は両の目蓋《まぶた》を閉じた。その意図を察すると同時に、哲也の唇が有里のそれを奪う。

「あ……あぁん……」

唇を離すと、キスの余韻に浸っている哲也の耳に、有里の甘えた声が入ってきた。

「哲也様。もう、やめてしまうのですか……」

いかにも有里らしい言葉づかいの奥に、若い男を挑発する女の意志がある。哲也の体内で、カッと火がついたような感覚が走った。

細い身体を容赦のない力で抱きしめながら、哲也がふたたび唇を奪った。有里の歯を割り、舌の先を女の口腔《こうこう》に押し入れる。

ディープキスに応《こた》えながら、有里が身体をくねらせる。官能の高まりに立っていられなくなり、バランスを崩して床の上に崩れ落ちた。哲也が自らの身体を下にしてショックをやわらげると、上から有里がキスをねだる。その様子は、いつものおとなしげな彼女からは信じられないほど積極的なものだった。

哲也はそれに応えた。男の太い腕が、発情した雌《めす》の身体をまさぐっている。裳の襟元をはだけさせ、あらわになった黒いブラジャーの上からふくよかな乳房をもみしだく。背中をのけぞらせながら、有里がささやきかけてくる。

「み、淫《みだ》らな女だと、思っているでしょうね……でも、かまいませんわ……哲也様のものにして……」

あおむけになった哲也の前で、女がアクロバットダンサーのような動きと共に自らの衣服を剥《は》いでいく。シュシュシュッという衣擦《きぬず》れの音が、耳に心地よかった。

「有里さん。きれいだよ……。それに、すごく……」

「すごく、なんですの。おっしゃってくださいな」

と、有里が優艶《ゆうえん》に微笑んでみせる。

「すごく、神々しく見えるんだ……」

古代《むかし》、天の岩戸に隠れた天照大御神《あまてらすおおみかみ》の前で、素裸になって踊った女神の美しさである。

巫子の衣装を脱いでその女神と同じ姿になると、有里は男にうなずいてみせた。

「ご安心くださいな。今日は大丈夫な日ですから」

哲也の上から一度身をどかせると、男が身体を起こして宮司の衣服を脱ぐのを手つだった。ふたりの着ていたものをたたんでから、ひんやりとした畳の上に背中をつけて横たわる。その上に、哲也が覆いかぶさってきた。熱い男の肌を、有里は感じた。

細い脚が男の手で、左右に開かれた。自分の一番恥ずかしい部分をあらわにされ頬を赤らめてしまう有里だが、顔をそむけはしなかった。これから与えられる女の悦《よろこ》びを全身で味わい尽くすために、哲也の顔をまっすぐに見つめる。

いきりたったものが膣口《ちつこう》に押し当てられるのを感じ、思わず両目を閉じる。しかし、哲也の行為はそこで中断した。この美しい女神といきなりひとつになるのは、あまりにも惜しいような気がする……。

　そう思い直すと、哲也は攻撃の手段を変更した。股を思い切り開かせた姿勢のまま、その奥をしげしげとのぞきこむ。有里の陰毛は髪の毛と違って、ほんの少し栗色がかっていた。しかし、どちらかといえば濃い方なので、違和感は感じない。むしろエキゾチックな淫猥《いんわい》さがあった。哲也は、わざと卑猥《ひわい》な言葉を口にしてみることにした。

「有里さんのここ、すごくきれいだね。これで子供を産んだ身体だなんて、とても信じられないや」

　そのとたん、激しい羞恥心《しゅうちしん》を有里は感じた。おだやかな性格の奥にひそむ淫猥さを引きだすための手段であることを、元人妻は承知している。しかし、彼女の身体はそんな理性とはうらはらな反応をしていた。一方、哲也は言葉による辱しめの効果に気づいていた。

「ほら。今、有里さんの中からトロッとしたものがあふれてきた。下のお口が濡《ぬ》れているのが、自分でも判るかな」

「え……ええ、感じます。でも……お願いだから、それ以上は……言わないで……」

「どうしてなの。教えてよ、有里さん」

「て、哲也さんの、いじわる……」

　我知らないうちに、彼女は両手で自分の胸をまさぐっていた。ついたばかりの餅をならす動きで、両の乳房をつかんでこねくり回す。その官能に、下からの刺激が加わった。

「――あっ。だ、だめっ！　ゆっ、指っ！　指が入ってくるっ！」

左手の人差し指と中指を左右の大陰唇にあてがい開かせてから、哲也は右の人差し指を陰毛の奥に滑り込ませた。ヴァギナの内面はすでにラブジュースでたっぷりと濡れていて、指一本ならほとんど抵抗を感じない。二、三度前後動をくり返してそのことを確認すると、彼は指の数を二本にしてみた。今度は若干の抵抗がある。

「子供を産んだにしては、有里さんの膣は締まりがあるね。膣筋がしっかりしてるんだな。なにか踊りとかスポーツとか、やっていたんじゃないの？」

「く、クラシックバレーを少し――ひっ！　そっ、そこっ！」

有里がビクンと全身をのけぞらせた。無理もない。二本の指で蜜壺《みつつぼ》をこねくり回されると同時に、親指で敏感な小豆の先をクリクリとなで回されているのだ。その親指の動きが、舌のそれに代わる。

――くちゅ。くちゅ。くちゅ。くちゅ――。

疑似ペニスに見立てた二本の指をゆるやかにピストン運動させながら、舌と唇を使って大小二枚の陰唇、さらにその中心にある女核をいたぶっていく。太腿を固定する腕に力を入れると、両の脚が百八十度近くまで開いた。バレーで鍛えていたので、股関節《こかんせつ》の柔軟さが保たれているのだろう。

哲也は自分の身体を横にずらせ、有里の上半身と九十度の角度にしてから、ふたたび攻撃を再開した。股をめいっぱい開かされて膣筋の締めつけが弛《ゆる》くなった女壺を、三本の指で責め立てる。とうとう有里が、あられもない声をあげた。

「いっ、いっ、いいーっ！　もっ、もっと。もっと奥に突き入れてえぇぇーっ！」

クンニリングスによる哲也の涎《よだれ》と湧きでてくる愛液が混じりあい、畳の上にしたたり落ちている。頃合いは良しとみた哲也は、指を引き抜いた。一瞬、女が不満げな顔をする。

「大丈夫だよ、有里さん。これからが本番なんだから」

すでにその時、哲也の陽根はこれ以上ないというほど怒張し、棍棒のような硬さになっていた。その肉茎を右手で支えて秘裂にあてがい、グッと腰を落とす。

「——ひっ。ひいっ！　ひいいっ！」

開きかけた松茸のようになった亀頭が、情け容赦のない勢いで侵入してきた。有里のよがり声が泣き声に変わる。むろん人妻であった彼女には、男のそれを受け入れた経験はある。しかし、彼女の夫だった男のペニスには哲也ほどのたくましさはなく、その動きにも彼のような激しさはなかった。

「——いっ、いっ、いっ、いいーっ！」

膣内に侵入してくるセックスと、男の意志に蹂躙されるという思いが交錯し、天に舞いあがるようなイメージを感じる。次の瞬間、肉のくさびによって子宮底を突きあげられる快感が、有里を襲った。それは落雷の電流となって、子宮底から頭の天頂部まで彼女の背筋を一気に駆けのぼった。

「もっ、もっと、もっと、もっと突いて！　突きあげてえええぇぇぇーっ！」

絶叫にも似たあえぎ声が、美しい唇からほとばしる。これほど激しいエクスタシーの高みには、元人妻も登りつめたことはなかった。わずかばかり残っていた性の享楽に対する抵抗感が消し飛んでしまう。両の乳房を激しく揺さぶりながら自ら腰を動かし、男のセックスをさらに奥に咥えこもうとする。

「――ゆ、有里さんの身体って、すごいよ。オレのものを締めつけてくるっ！」

女の身体に目覚める前に離婚によって男を断たれてしまった肉体が今、雌の悦びを取りもどしたのだ。

「い、いい。いいっ！。いっ、イクっ！　イクうぅぅぅぅぅーっ！」

妙なる音楽を耳にしながら、哲也はこの楽箏《がくそう》を少しでも長びかせたいと思った。豊かな乳房に両手をかけ、こねくり回す三点攻撃を加えながら、有里がイク寸前になるとその動きを緩やかにしてクライマックスへの登頂を抑える。また逆に意識が引いたとみるやふたたび攻撃の矛を強め、雌獣の背中を高みへと押しやる。そんなことを二度、三度と続けていると、とうとう女の官能が堪えられなくなった。

「――て、哲也様……。これ以上、有里を責めないで……。あなたの手で、私をイカせて……お願いだから……女にして……」

「いいよ。オレの方もそろそろ限界なんだ。ふたりでいっしょに、絶頂を見ようね」

言うと同時に、哲也が腰の動きを速める。今度はセーブなしだ。有里はまるで、逆バンジーのように高みにむかって放りあげられる自分を感じた。あらん限りの声で叫びだす。

「てっ、哲也様！　強く！　もっと強く、有里を犯して！　有里のすべてを、哲也様のものにしてえええええぇぇぇぇーっ！」

瘧《おこり》のようなふるえが有里を襲い、突然に停止する。それと期を一《いっ》にして、肉茎の先から吹き出たものが膣内にあふれ子宮の中にほとばしった。断末魔の牝獣そのままに、有里は畳の上に崩れ落ちた。

ピンク色に染まった裸体の中で、ふくよかな胸だけが大きく上下動して、官能の深さを物語っている。その横に、哲也の裸体が崩れ落ちる。外は小寒い雨が降っているというのに、ふたりとも全身が汗びっしょりだ。

「有里さん……。オレたち、ひとつになれたよ……」

「はい。哲也様……」

男のセックスが身体の中で縮《ちぢ》んでいくのを感じながら、有里は周囲の光景がホワイトアウトしていくのを感じていた。

＊

我に返ると、有里は拝殿の天井を見上げている自分に気づいた。どうやらほんの少しの間、意識を失っていたようだ。有里が上半身を起こしてみると、横であぐらをかいている哲也の姿が目に入った。照れくさそうに頭をかいている。その前ににじり寄りながら、彼女は話しかけた。

「哲也様のおかげで、私も離婚の痛手から立ち直ることができましたわ。この神社にまいりましたのも、自分を見つめ直すためだったんですの……」

哲也が顔をむけてきた。思いつめたような顔で、

「だとすればもう、この神社に用はなくなったんだよね。自分の家に、戻ってしまうの？」

うなずいてから有里は、悲しげな顔になった。言いにくそうに、はい、と答える。

「でも、夏祭りの終わりまではお手つだいさせてもらいますわ。それが私にとって、ただひとつの恩返しですもの」

「そうしてもらえると助かるよ。ここの女性たちの中では、なんといっても有里さんが一番、巫子さんっぽいから……」

「あらあら。こんな年増女相手に、お上手ですこと」

有里が笑うと、つられて哲也も笑いだした。そのうちに、男のジュニアが元気を取りもどしてくる。気まずそうな顔になる哲也に、彼女がささやきかけた。

「若いのですから、当然ですわ。——それで、哲也様、ご自分でなぐさめますの？」

「有里さんは意地悪だなぁ……」

「そんなことはありませんわ。私は哲也様を束縛しようとは思いませんもの。ただ、私を立ち直らせてくれたお礼をしたいだけ……」

「お礼って、どうするの？」

「今度は、有里の方からサービスさせていただきますわ」

哲也をあおむけに寝かせ、有里が逆方向に覆いかぶさった。シックスナインの姿勢から、男のペニスを口に含む。目の前に広がる肉花の眺めとその奥の女芯に見ほれながら、哲也は亀頭の先に有里のフェラチオが加えられるのを感じていた。今しがた彼のザーメンを呑み込んだ花弁の間からは、早くも新たなラブジュースがあふれ出している。

「子供を産んだ経験のある女ほど、セックスは強いっていうけど、ホントだよね……」

「ああん……。また、そんなことを言う……」

有里の反応に、哲也は幸福を感じていた。好きな女《ひと》を幸せにしてあげられたという満足感が、さらなる行為に駆り立てる。

たとえ、その後の彼女の人生が彼のものとは交わらないとしても、それはそれで良いのではないだろうかと、彼は思いはじめていた。

第3章　多香子

「ダメだ……とても覚えられない……」

宮司《ぐうじ》の部屋でひとり、哲也は天井を見上げて嘆息《たんそく》した。多香子と約束した大祓詞《おおはらえのことば》の暗唱勝負は明日の朝だというのに、目の前の巻物はまだ半分あたりまでしか開かれてはいないのだ。

拝殿の間で覚えようとするには、数日前の有里との経緯が思い起こされてしまう。宮司の部屋で暗記するしかないのだが、そうすると今度は、彼女が言った「多香子さんか亜実さんのどちらかを妻にむかえたら」という意味の言葉が思い起こされる。

「多香子はあれで、素直なところのある娘だからな。オレが立派に宮司の役職を務《つと》められると判ったら、少しは安心するんだろうか……」

彼女の性格がキツいのは、哲也が宮司として頼りないと思われているからだ。その点、大丈夫なことを証明してやれば、本質的には良妻賢母タイプの多香子だった。

「それに、あの時の多香子のお尻《しり》、おいしそうだったよな……」

偶然にものぞいてしまった多香子の姿が思い起こされる。その直後、哲也は叫んだ。

「だあああぁぁぁーっ！　こんなことを考えてしまうからいけないのだあーっ！」

ブンブンと首を横にふる哲也。今となっては、なまじ多香子のトイレ姿をのぞき見てしまったことが恨めしい。壁の時計を見れば、すでに時刻は夜の十時を回っているではないか。多香子の前で記憶力を披露するまでの時間は、睡眠時間を入れてもあと九時間少々しかないのだ。あせって精神集中していたら、今度は思いきり眠くなってきた。

「こうなったら、熱い風呂でも入って眠気を覚ますしかないか」

タオルを手に取ると、哲也はやけくそ半分で部屋を出た。

＊

浴室は社務所に近い本殿の端《はし》だ。奥の間の前を通りすぎながら、哲也は部屋の明かりが消えていることを確認していた。神社の朝は早い、夜ともなれば十時過ぎには就眠するのが神に仕えるものの日常だった。

「短山《ひきやま》の伊褒理《いほり》を掻《か》き分《わ》けて……聞《き》こし食《め》さむ……此《か》く聞《き》こし食《め》してば……罪《つみ》と言《い》ふ罪《つみ》は……」

口の中でぶつぶつ詞《ことば》を唱えながら、脱衣所で服を脱ぎ、風呂場に入る。巫子たちはすでに全員眠りについているという先入観が、浴室の中の明かりの意味を失念させていた。

風呂場に入ると、もうもうと湯気が立ちこめていた。これでは数十センチ先も見えない。

「たしか、今日の風呂場当番は亜実だったな……」

今どき珍しいことだが、風間神社のお風呂はガスでも電気温水器でもなく、薪《よき》によって焚かれていた。先代宮司の爺さんが神に仕えるものの日常は質素でなければと考えたらしいが、おかげで毎日の風呂焚きはたいへんである。火加減や薪の量を間違えると水風呂になってしまったり、その逆に熱湯風呂になったりする。とりわけ、オッチョコチョイの亜実にその傾向が強かった。

「まあ、蒸気で見えないぐらい、文句を言ってもしょうがないか。先日みたいに風呂場で燻《いぶ》されるよりも、よほどマシだもんな……」

哲也はつい先日、亜実が生乾きの薪を使ったためにあやうく薫製にされかかった時のことを思いだしていた。手さぐりで前に進むと、突然、掌《てのひら》がなにかやわらかいものを探りあてる。ぷにぷにっとした感触が不思議といい感じだ。その先にあるちょこんとした突起を指の間でつまんでみると、もっと心地よかった。でも、これはいったい、なんだろう……?

数秒後、水蒸気が少し晴れてその正体が判る。

哲也の全身が硬直し、ひや汗が流れ出た。彼が指先で弄《もてあそ》んでいたのは、舞奈の乳首だった。

……………ごく(唾《つば》を飲む音)……………………。

「……こんばんわ……」

と、哲也の無言に舞奈が返事を返した。その自然さにパチパチとまばたきをくり返しながら、目の前の少女を見つめる。浴室の中なのだから当然だが、舞奈は裸だった。生まれた

第3章　多香子

ばかりの姿で、普段と同じ表情をして男の前に座っている。歳のわりには未発育な白い肢体が湯気のなかに浮かび出ている様は、映像的であると同時に幻想的だ。白で統一された視界のキャンバスの中で、淡い木賊色《とくさいろ》の髪と、同じように萌えている下半身の色が、わずかに存在を主張して浮かびあがっていた。

「ご、ごめん……そんなつもりはなかったんだ……」

浴室に入ってきたときと同じ歩幅で後ずさりし、両手で戸を閉める。心臓が祭事で使う大太鼓みたいな音を立てていた。

(ど、どうしたんだよオレは……。あんな幼い感じの裸に欲情するなんて、どうにかなっちまったんじゃないのか……)

哲也が自分に問いかけていたとき、浴室の中から舞奈が声をかけてくる。

「……あの……タオル……」

「え……？」

「……哲也さん。タオル、忘れています……」

「えっ？　――あっ、いいんだ。そのタオルは、どこかに掛けておいてくれ」

「……はい、判りました……」

ガラス戸のむこうで、ぼんやりとしたピンク色の影が動く。ごそごそとタオルを置く音が、妙にリアルだ。二、三度深呼吸してから、彼は言った。

「あ、あの……舞奈……ちゃん……」

「……はい……？」

「ごめん。まだお風呂に入ってたんだよね……」

「……はい。いきなり哲也さんが入って来ましたから、少し驚きました……」

舞奈の答え方はあくまでもおだやかだ。浴室の中と外とで話をしているうちに、哲也の心臓の鼓動もおさまってきた。もう一度、哲也が詫びると、問いかける声が返ってくる。

「……どうして謝るんですか。悪いこともしてないのに……？」

この娘はやはり、どこか変わっているぞと思う。

「だ、だから、舞奈の裸を見ちゃったから……」

「裸を見てしまうと、いけないんですか……？」

「そ、そりゃあいけないに決まってるさ。男が女の入浴姿をのぞいたら犯罪行為だよ」

「……それなら、私も哲也さんの裸を見てしまいました。すみません……」

そう言ってから、浴室のガラス戸のむこうで、少女のシルエットがちょこんとおじぎをした。疑問点を思い浮かべたらしく、その首がななめにかたむく。

「……でもどうして、男の人が女のお風呂をのぞくと犯罪になり、その逆はならないんでしょうか……？」

「そ、そりゃあ男と女の、セックスの違いによるものだろう。男は狼になるけど、女はそうじゃないから……」

「狼さんに、変身するんですか。顔の形が変わるとか……？」

「いやまあ……顔は変わらないけど、心とか、身体の一部とかが……」

「……今の哲也さんがそうなっているみたいに、ですか……？」

「え……？」

哲也は、舞奈のシルエットがガラスのこちらを眺めていることに気づいた。正確にいえば、彼の腰のあたりを……。

…………たらぁ（ひや汗の流れる音）……………。

自分の股間《こかん》からにょっきりと突き出たものを、哲也は見おろした。ガラス戸のむこうからだと、天狗の鼻みたいなシルエットになっているはずだ……。

「そっ、そういうわけで、とにかく、ごめんっ！」

自分の息子《ジュニア》の不作法を詫びてから、あたふたと更衣室から逃げだす哲也。

廊下を遠ざかっていく足音を、少女は不思議そうに聞いていた。

＊

「高天原《たかまのはら》に神留《かむづま》り坐《ま》す皇親神漏岐《すめらがむつかむろぎ》、神漏美《かむろみ》の命《みこと》以ちて八百萬神等《やほよろづのかみたち》を――」

朝。拝殿の間に、哲也の唱える大祓詞が朗々と響き渡っている。その前で多香子が腕組みをし、真剣な表情で一語一句聞き漏らすまいと耳をすませていた。

「——科戸《しなど》の風《かぜ》の天《あめ》の八重雲《やへぐも》を吹《ふ》き放《はな》つ事《こと》の如《ごと》く朝《あした》の御霧《みぎり》、夕《ゆふべ》の御霧《みぎり》を朝風《あさかぜ》、夕風《ゆふかぜ》の吹《ふ》き払《はら》ふ事《こと》の如《ごと》く——」

調子がいい。これなら勝てるぞと確信する。しかし、あと少しのところで、哲也の詞がとぎれがちになった。

「おっ、大海原《おおうなばら》に——押《お》し放《はな》つ事《こと》の如《ごと》く……彼方《をちかた》のぉ……し、繁木《しげき》が本《もと》を……や、焼鎌《やきがま》の……とっ、敏鎌《とがま》以《も》ちて……」

「どうしたのよ。その後を思いだせなくなっちゃったのかしら?」

あざける多香子の声に、哲也がグッとにらみ返す。落ちつけ。ここでトチったら、すべてが水の泡だ……。

「……つっ、罪《つみ》と言《い》ふ罪《つみ》は在《あ》らじと……は、祓《はら》へ給《たま》ひ清《きよ》め給《たま》ふ事《こと》を——天《あま》つ神《かみ》、国《くに》つ神《かみ》——」

ふたたび詞がなめらかになってきた。多香子が「まずい」という顔をする。しかし大祓詞は、もはや最後にさしかかっていた。

「八百萬神等共《やほよろづのかみたちとも》に、聞《き》こし食《め》せと恐《かしこ》み恐《かしこ》みも曰《まを》すー」

そこまで言って、ほーっ、と肺から息を吐きだす。倒した悪党どもを前に呼吸を整えるブルース・リーの心境だ。フッ、と多香子が顔をそらせた。敗北を認めたのだろう。

「よくやったわよ。これほどの短期間にしてはね」

「オレの勝ちだな。——ま、言うまでもないが……」

チッチッチッと、多香子がワイパーみたいに指を横にふった。

「ほーんと、残念ねぇ……。最後の『恐み恐みも曰す』ってのは、大祓詞じゃなくって、天津祝詞《あまつのりと》なのよ」

「あああああぁぁぁぁぁぁーっ！　しまったあああぁぁぁぁぁぁぁーっ！」

髪の毛をかきむしって絶叫する哲也に、多香子がクスッと笑いかけた。

「まあ、いいわ。今までの努力に免じて、祓の刀をいただくのは勘弁してあげる」

それだけ言ってから、その場に座り込んでいる哲也の背中をポンと叩《たた》いて、歩き去っていく。残された哲也は、惚《ほう》けたまま床を見つめていた。

＊

「それにしても危なかったわね。もうちょっとで、手痛い一敗を食らうとこよ。まっ、あいつのことだから、どっかでコケるとは思っていたけどさ……」

歩きながら、多香子は胸をなで下ろした。心の中に少しだけ、つかえるものを感じる。

「哲也ってば、死にものぐるいになるとかなりの力を出すくせに、いつつもあと一歩のところで裏目を引き当てるのよね。そういえば、あの時だって――」

そこまでひとりごちて、多香子の足が急に遅くなった。ある過去の一瞬が、フラッシュバックして甦ってきたのだ。獣を思わせる凶暴な顔つきの哲也が、どしゃ降りの雨の中、ひとりの男の上に馬乗りになって、狂ったように殴りつづけている。そして、必死でそれを止めようとしている自分の姿……。

思いだしたくもないものを脳裏から追いはらおうと、多香子は首を横にふった。

「……あれは、哲也が悪いんじゃない……」

右手を口元《くちもと》に持っていくと、彼女は親指の爪《つめ》を噛《か》んだ。

「ちがうわ。やっぱりあいつが悪いのよ。自分の気持ちを、はっきりとボクに伝えてくれていさえしたら、あんなことにはならなかったんだから……」

＊

走って走って走りつづけているのに、いつまでたっても追いつかない。目の前を行く多香子の背中はどんどん遠くなるばかりだ。

ゴムのローラーの上を走らされているような焦燥感は、夢の中だからこそだった。

それは二年前のことだ。まだ巫子の衣装も似合っていない頃の多香子が、そこにいた。恋に恋している、うぶな娘。自分が守ってあげなければいけなかった少女。でも、守りきれなかった。全部、無駄だった。弄ばれて、捨てられて、それでも男を信じていた多香子……。

「なんで、あんなロクデナシについて行こうとしてるんだよ。それぐらいなら、オレの方がずっと、ずっと——」

告げようとして、言いだせなかった。恋人を貶《おとし》め自分を横取りしようとしていると、そう思われたくなかったのだ。勇気を出して邪推されるよりも、いい子でいたかった。その結果——。

多香子は処女をあげてしまったんだ。あんな奴に……。

闇の中を、背中をむけて歩いている多香子の姿が、スッと消えた。

その代わりに、ひとりの優男《やさおとこ》の佇《たたず》んでいるのが見えてくる。

年の頃は哲也よりも二、三歳ほど上だろうか、美男子ではあるがいかにも酷薄そうで、人生からなにも学ばなかったような顔つきをしている。心の中で、哲也は叫んだ。

(どうしてこんなクソ野郎に、多香子は惚《ほ》れちまったんだよ。なぜ、オレじゃいけなかったんだ！)

人が人を好きになるというのは、理屈ではない。多香子がその時、最低の男に思いを寄せてしまったのは、魔が差したとしかいいようがなかった。彼女だって当時は、世間知らずの小娘だったのだから……。男の声が、哲也の耳に聞こえてくる。

「へっ。あんな尻軽女、欲しけりゃお前にくれてやらぁ。性格は悪いけどよ。あそこの締まりはいいからお前が使ったらどうだ。こっちにはもっとましな女がいるからよ。二股《ふたまた》かけてただぁ……。バカ言うんじゃねえや。公衆便所で用足しをしただけのことさ」

「貴様あぁぁぁーっ！」

拳《こぶし》を握りしめると、優男に殴りかかる。しかし哲也の腕はむなしく空を切った。二度三度と殴りつけるが、いずれも敵の身体に今ひとつで届かない。男がせせら笑った。

「多香子に負けず劣らず、トンマな野郎だぜ。世の中にはなぁ、女をコマす資格を持っている人間と、そうじゃない奴がいるんだよ。多香子が俺の下でどんな声をだしてよがったか、ビデオにでも撮っといてやりゃあよかったなぁ」

パンチが、また外れた。ガッという衝撃を、横面に感じる。スキップをして哲也の攻撃をかわしてから、左フックを浴びせてきたのだ。その衝撃で、後ろむきに吹っ飛ばされる。尻餅をついた彼を、男が見おろした。

「――へっ。たわいのねえ野郎だ。こんなのが多香子を取り返しに来たかと思うと、情けなくなるぜ。あの女はなぁ、俺様にぞっこんなんだよ。手前《てめえ》ごときがなに言っても、聞くわけねえだろ。もうすぐここに来るからよ。地面の上に寝っころがって無様な姿をさらしてやんな」

ダンスでも踊るような動作で跳びはねてから、シュッと右足を飛ばしてきた。下腹部に焼けるような激痛が来る。腹を押さえて寝転がると、今度は顔面を踏みつけられた。口の中に血の味を感じた。靴底でグリグリと顔をねじりながら、男が上から命令する。

「ほれほれ。これ以上、痛めつけられたくなかったら言うんだよ。自分を許してくれってな。二度と俺と多香子の前に姿を見せないから、堪忍してくれってな。——さっさと言えよっ！　このクズ野郎っ！」

踏みつける衝撃を与えるために、男が足を引いた。それをまた踏み降ろす。しかし、その時には、哲也の頭部はそこにはなかった。逃げるとみせて上半身をそらせながら、逆に男の股間を蹴りあげる。

「——ぐえっ！」

内股になってその場にしゃがみ込もうとする優男。しかし哲也は、それを許さなかった。素早く立ちあがると、屈《かが》みこんだ顔面にひざ蹴りを食らわせる。——ゲシッという、前歯の折れる感触があった。

その後のことを、哲也はよく覚えていない。気がつくと優男の上に馬乗りになり、両手でめったやたらに男の顔面を殴りつけていた。多香子の悲鳴がどこか遠くで聞こえ、バシッと頬《ほお》をはたかれる。身体を横につき飛ばされ、哲也は攻撃をやめざるを得なくなった。

ミンチ肉の塊《かたまり》みたいな顔にされた男を両手で抱きしめながら、多香子が叫んでいた。

「嫌いよ！　あんたなんか嫌いよ！　早くどっかへ行って！　さっさと、ボクの前から消えちゃってよ！」

哲也は呆然《ぼうぜん》と、地面の上に座り込んでいた。ややあってノロノロと立ちあがる。服についた泥を落とす気力もなく、彼女に背をむけてとぼとぼと歩きはじめた。その背中に、少女の罵声《ばせい》がもう一度響いた。

「二度と、ボクの前に姿を見せんな！　バカ野郎ーっ！」

＊

唐突《とうとつ》に目が覚める。宮司部屋の天井が目の前に浮かんでいた。チュンチュンというスズメの鳴き声が、朝の陽光と共に新鮮に感じられる。

「夢か……」

多香子の夢を見るなんて、久しぶりだ。あの事件がきっかけで、多香子は優男と別れることになった。――実際には捨てられたのだが、彼女自身はそう思いこんでいた。それからしばらくの間、神社の中で会っても、多香子には口ひとつきいてもらえなかった。つらかったけれど、哲也は謝らなかった。一言も詫びずに、多香子の方から話しかけてくるのを待った。そのうちに、とうとう祖父が怒りだした。

「お前たち、いいかげんにせんかっ！　辛気くさくてかなわんわい！」

多香子にすれば、祖父には巫子として使われているという弱みがある。だから形だけ、哲也に頭をさげた。哲也もまたお祖父《じい》ちゃん子である。詫びを入れて、彼女と握手させられた。表面上の仲なおりである。互いを黙殺もしないが心を開いて話し合うこともない、冷たい関係が、それから半年近く続いた。

＊

こうやって思いだしていると、ひとつ疑問に思えることがあった。多香子が彼に対して横柄な口をきくのは理解できる。初恋の相手を半殺しにしたのだから、当然だろう。だけどいつから彼女は、哲也に対して年上のような話し方をするようになったのか。今でも憎んでいる彼に対して、目下の立場に立ちたくないのだろうか……？

（そうかもしれないな。あれでけっこう、根に持つところのある女だから……）

哲也を嫌ってはいたが、多香子は祖父を好いていた。お爺ちゃんの方も、彼女を実の娘みたいに思っていた節があり、孫の彼よりもむしろかわいがっていたくらいだ。祖父の死後、風間神社を守ることが多香子にとって恩返しのような気持ちでいるのだろう。哲也がここの宮司になったとき、彼女は不本意ながら自分の憤《いきどお》りを抑えることにしたのかもしれない。そう考えれば、つじつまが合う……。

頭は目覚めてはいるが、布団から出る気にもなれず、哲也は窓の外を眺めていた。

「そういえば、今日は火曜日か。午後の買いだしには、誰に同行してもらうかな……」

火曜日は、近くのミニスーパーに食料の買いだしにいく日だった。哲也も入れて三人の生活から一気に七人もの大所帯になってしまったので、一週間分の食料品がひとりではとても持てないのだ。それにしても、誰がいいだろう……。

「一番力のありそうなのは腹ペコ女の凛なんだけど、あいつを食料の近くにおいといたら、絶対盗み食いするな。かといって、今日は色々と用があって忙しいから、凛の見張りをつれていくわけにもいかないし……」

有里さんは身体が丈夫そうでないし、舞奈はポーッとしている上に身体が一番小さい。ドジな亜実では道でころんで卵でも割りそうだ。京華は巫子本来の仕事とは違うとか言って見返りを要求してきそうだし……。

となると、残るのはひとりしかいないのだった。

「しょうがない。多香子にたのむとするか……」

*

「めずらしいこともあるもんだね。普段けむたがっていたボクを、わざわざ指名するなんてさ。雨でも降るんじゃないかな」

「そういうことを言うから、かわいくない女って思われるんだぞ。もっと女らしい口のきき方をしようとか、考えたことないのか」

「ほーほー。半人前宮司さんにしては、言うことだけは正論じゃない。お情けで祓の刀を返してもらったの、忘れたのかなー」

「間違えたのは、最後の一節だけだ。九十九点なら、合格ラインだろうがっ!」

「だーめ。不合格」

ミニスーパーからの帰り道だった。夕暮れ時の日差しの中、買い物袋を両手に下げた哲也の後ろを、これまた両手をいっぱいにした多香子が歩いている。通りがかる人が見たら、似合いの若夫婦とでも思ったかもしれない。哲也が声を荒げた。

「だいたい、多香子のその恩着せがましい口のきき方が、気に入らないんだよ。なんでそんなに、オレの世話をやきたいんだ」

「哲也があまりに未熟だからだよ。——ま、先代の宮司さんと比べては、気の毒にはちがいないけどさ」

言い返そうとした哲也の額に、なにかが当たった。掌を水平にして上にむけると、ぽつぽつと冷たい滴《しずく》が落ちてくる。

「こりゃまずいな。雨が降ってきた……」

「だから、降るんじゃないかって、さっき言ったのに」

「冗談言ってる場合か。食い物びしょびしょにしたら、大赤字だぞっ」

草履をぱたぱたと鳴らして、哲也は走りだした。その後に多香子が続く。しばらく走ると、坂道の先に農作業用の小屋が見えた。近くに住む農家の人たちが建てたものだ。その軒下に、哲也と多香子は走り込んだ。間一発でセーフというところだ。

＊

「ますます激しくなるみたいね。どうしよう……。これじゃ、しばらく帰れそうもないよ」

「しょうがない。やむまで待つしかないだろ……」

肩をすくめてみせると、多香子がブルッと全身をふるわせた。哲也が問いかける。

「多香子。お前、寒いのか？」

「大したことない……。急に濡《ぬ》れたんで、少し冷えただけだよ……」

買い物袋をその場に置き、多香子の額に手をやってから、顔を曇らせる。

「ちょっと熱があるようだ。それに、その顔色は風邪っぽいな。――小屋に入ろう。中なら、ここより、少しぐらいはあたたかそうだ」

扉に手をかけると、簡単に開いた。共同小屋だから、普段は鍵をかけていないのだ。多香子が後ろでなにか言いたげな顔をした。

「他人の家の小屋に入っていいのかって言いたいのか？」

「ちがうよ。エッチなことするつもりじゃないだろうねって、念を押したかったの」

「それだけ元気があるんなら、心配なさそうだな。早く入れよ」

小屋の中を見回すとありがたいことに、防寒用のシートが数枚置いてあった。それを床に敷いてから多香子を座らせ、その上からさらにシートをかけてやる。

「大丈夫か。お前、さっきよりも顔色が悪いぞ」

多香子が答えないので、哲也はよけい心配になった。シートの中に入り、少女の身体を抱きしめる。小さな声で、多香子が文句を言った。

「ほら、もう約束を破る……」

「お前の身体をあたためてやるだけだ。それなら文句ないだろ」

「うん……」

＊

あれから小一時間はたったろうか。小屋の外では、雨音が鳴りつづけていた。この調子では帰りは夜になるかなと思っていたとき、多香子が横で身じろぎをした。

「お前、眠っていたんじゃないのか」

「ちょっとね。少し良くなったみたい……」

熱を計ると、たしかに引いている。ホッと息を吐きだす哲也の肩に、多香子が頭を乗せかけてきた。

「こうしているとまるで、世界中にボクたちふたりしかいないみたいだね……」

小屋にひとつだけついている小さな窓の外を眺めながら、話しはじめる。

「エイリアンが攻めてきて、オレたち以外の人類がみな殺しにされちゃってたりしてな」

「でもって、ふたりでどうか見つかりませんようにって祈りながら、ここに隠れているの」

「そうだな。映画のワンシーンにしては、悪くないかな……」

「ボク、知っているよ……」

「なにをさ。映画の結末か？」

多香子は首を横にした。窓を見ていた視線を上にむける。

「二年前、ボクのために駆けつけてくれたこと。あの男がボクのことを遊び道具としか考えていなかったこと。それを聞いて、哲也があいつを殴り倒したこと」

「誰から聞いた、そんなことを……」

内緒話をするときのようなクスクスッという笑い声が、耳元で聞こえる。

「ゴメンね。ボクなりに調べたの。哲也に復讐してやろうと思ってさ。そしたら、判《わか》っちゃった。あの男の正体……」

「どうして今まで、オレに話さなかったんだ？」

「言えるわけ、ないでしょ」

多香子は下唇を噛みしめた。その目に涙が光るのを、哲也は見た。

「ボクには……資格がないんだもの……」

「資格って、なんのことだよ？」

「哲也に抱かれる資格……。ボクはもう処女じゃないから……」

それを聞いて、彼は笑った。はははという声が雨音に混じって消える。

「多香子って、思ったよりも古風だな。処女かどうかなんて、今の世の中、関係ないだろ」

「関係あるよ。ボクの愚かさから、あんな男に抱かれたんだ。強姦《ごうかん》されたとかならまだしも、自分の処女をゴミ箱に捨ててしまったんだもの……。許せると思う？」

哲也の腕がぎゅっと、少女の身体を強く抱きしめた。

「バカだな！　それほど自分を卑下して、どうするんだよ。そんなことを隠すために、肩肘《ひじ》ばっかり張って生きてきたんだな」

「でも、ボクにできることといったら、それぐらいしかなかったもの……。ボクがどれほど哲也のことが好きなのか、知らなかったでしょ……」

「オレも悪かったよ……。時々は、気づくこともあったし……」

「哲也って、嘘《うそ》つきね……」

「嘘じゃないって」

「証明、できる……？」

「……え？」

その意味を理解するまでに、数秒かかった。

「……うん。できると思う……」

＊

自分がまだ無垢《むく》でいられた二年前に、時の流れが遡《さかのぼ》っていくようだと、多香子は思った。汚れてしまったこの身体だけれど、今なら綺麗《きれい》になれる……。

両目を静かに閉じて、少女はそれを待った。哲也の唇がふれるのを感じる。最初はほんの一瞬、小鳥が餌《えさ》をついばむようなキス。それから、ふたりの唇が重なった。多香子の裡《うち》で時間がとまる。この身体を奪いつくしてほしい。そう彼女は熱望した。哲也の熱いもので、ボクの中にある記憶のすべてを、洗い流してもらえたら……。

唇を離すと、まだ目を閉じたままでいる少女がそこにいた。泣きたくなるほどせつない思いが、哲也の胸を熱くした。どうしてオレは、この娘《こ》の心を判ってやれなかったのか……。意地を張りつづけ、彼を叱咤激励《しったげきれい》しつづけてきた多香子の胸の奥にあったもの。深い後悔と、贖罪《しょくざい》。心の前に張りめぐらせた厚い盾を、誰かが打ち壊してくれるまで待ち続けていた少女……。

「あ……」

なにか気づいたらしく、多香子が突然、小さな声を出した。

「どうしたんだよ。いきなり？」

「風邪、移っちゃう。ボク、さっき熱が出ていたから……」

「そんなもの、とっくの昔に引いてるよ。額にさわってても熱くないし、自分でもダルく感じないだろ」

「うん。でも、ちょっと変なの……。身体の芯《しん》が熱っぽくて、妙にムズムズした感じ……。これって、病気じゃないよね」

「多香子、お前な」

「なによぉ」

「時々すごく、バカな女になるクセ、治ってないな」

「うん……」

「自分で認めて、どうするんだよ」

「いいじゃない。素直になるって決めたんだもの」

唇をとがらせて口ごたえする少女に、哲也は友だちのような愛おしさを感じた。声をひそめて笑いだすと、多香子に伝染した。ふたりして抱き合ったまま、クスクス笑いつづける。ようやく真顔《まがお》に戻った哲也が尋ねた。

「オレたちって、変かな？」

「変なカップルよ、絶対」

答えてから、多香子が立ちあがった。巫子衣装の襟元に手を掛けながら、いつもと変わらぬ口調で告げる。

「ボク、服、脱ぐね」

「ああ。——そういえばオレ、多香子の裸って、見るの、はじめてなんだよな。お尻は、そうじゃないけどさ」

「あの時には驚いたわよ。マジで」

「でも、かわいらしかったぜ。おケツ丸出しにして便器の上に座っていたときの、恥ずかしそうな多香子の顔ったら——」

「もうっ。この変態宮司っ！」

秘め事の前にすら口げんかをしないと気がすまないふたりだった。ブラジャーを脱いで薄ブルーのパンティ一枚になった多香子を前にして、哲也が頼みこむ。

「お前の丸っこいお尻、もっとよく見せてくれないかな。あの時は頭パニクってて、観察してる余裕がなかったんだよ」

はぁー。と、多香子がため息をついた。

「あのねえ。これからエッチしようっていうときに、お尻だけ見て、どうすんの？」

口ではぶうたれながらも、その場で床に両手をつき、哲也にヒップをむける。パンティをつけたままなのは、さすがに羞恥心《しゅうちしん》が邪魔しているのだろう。哲也は舌なめずりした。

「うんうん。このお尻だ。安産形の代表とも呼べるふくよかなカーブライン。適度な弾力性をそなえたお腹からコリコリとしたヒップへ続く絶妙の調和。さらりとした絹ごしにも似た感触の肌と下着の繊維質が与えてくれる心地よい異質感。その内側にある淫靡《いんび》な部分を想像するときの、食欲にも似た抗《あらが》いがたい誘惑……」

テレビの料理番組みたいな蘊蓄《うんちく》で挑発しながら、菊花とかクリトリスとおぼしきあたりをさわさわとなでさする。四つんばいのまま、多香子がよがる声をあげた。

「あん……あぁん……。ま、待ってよ。最初からいきなりバックは、ちょっと……。できたら、ボクの方が上になりたいな」

「騎上位かぁ……。ま、いいか。多香子らしくて」

いったん譲歩してから、哲也は条件をつけた。

「でも、パンティ脱がすのはこの姿勢のままだぜ」

「うん。それぐらいなら。あ……」

答える前に、するっと繊維が引きはがされる感覚がある。床に這《は》いつくばったまま振りむくが、姿勢が邪魔して視界が後ろにいかない。

「恥ずかしい部分のどこを見られているか判らないのって、不安になるだろ。――オレが今見てるのは、多香子のお尻の穴だよ。あの時も、オレの目の前でここから排泄《はいせつ》物を出してたんだよなぁ……」

「そ、そんなことしてないよ。オシッコするつもりだったんだもの。それに、いきなり哲也に見られたから、ひっこんじゃったし……」

「嘘つけぇー。グチュグチュ、ウンコ出してたくせに」

「してないってばぁー。ホントだよぉー」

執拗《しつよう》な言葉の責めに、多香子が泣き声をあげる。哲也が「ほー」と声を出した。

「多香子って、すっげーイヤラシイのな。スカトロの話で濡れてきやがったぜ」

「そっ、それが目的だったのね。この変態男……」

「そーさ。へっへっへっ……。ほれ、こうすると、どうなるかなぁ」

押し当てた指の先をクリクリと動かされて、多香子の陰唇からその奥がジンジンしてくる。その直後、別の感覚がアヌスを襲った。ねっとりとした舌の感触が菊花にふれたのだ。

「きっ、汚いってば、お尻の穴なんか舐《な》めたら……」

「多香子のお尻なら、汚くなんかないぜ。ほれほれ、同時攻撃だ」

クリトリスからヴァギナにかけての刺激と、アヌスを責めてくるじんわりとした熱気。その相乗効果に、少女はとうとうよがり声をあげて泣きだした。

「あん……ああん……いっ、いい……いい感じよぉ……やめないで、もっと続けてぇ……」

「よーしよし。じゃ、次は、これな」

「――ひっ！　こ、これって、もしかして、てっ哲也のアレ……」

すばやく服を脱いで裸になると、哲也はすでに硬くなっているペニスを握りしめ、その亀頭を少女の陰唇の間に割り込ませたのだった。亀頭のぬめりと秘部から流れ出るラブジュースの粘液性を利用して、膣口《ちっこう》辺のGスポットやクリトリスの周囲をクチュクチュとなで回していく。会陰部からトロトロと床に愛液をたれ流しながら、多香子が抗議した。

「……ひっ、ひどいよぉ……騎上位でさせてくれるって約束したのに……嘘ばっかし……」

「嘘じゃねえよ。オレが今やってるのは、ただの前戯さ。根本まで入れるときには、約束どおりお前を上にしてやるから、安心しな」

「そ、そんなこと言ったって、これじゃ蛇の生殺しだよぉ……。――はっ、入ってくるっ！」

握りしめた肉茎を微妙に前後させ、亀頭の先だけを多香子の中に挿入する。そのとたん、膣口がきゅっと締まってペニスを咥え込もうとした。しかし、先端だけだから逆に亀頭を押し戻すことになってしまう。哲也が小声でもらした。

「――こ、これってけっこう、辛抱がいるな。一瞬でも緊張が解けると、我慢できなくなって中に出しちまいそうになる……」

ペニスを引き離して眺めると、イソギンチャクのように半開きになった膣口が、逃げてしまった獲物を惜しんでヒクヒク蠢《うごめ》いていた。多香子の方も、我慢の限界が近づいているのだ。

「お、お願い……こんな風に嬲《なぶ》られるくらいなら、いっそひと思いに犯《や》っちゃってよぉ……」

「わっ、判った。こっちもヤバくなってきたからな。約束どおり、お前を上にしてやるぜ」

「うん。うん。うんっ！」

さかりのついた小犬みたいな返事を聞きながら、哲也が床の上に背中をつけた。それを待ちかねた多香子が、

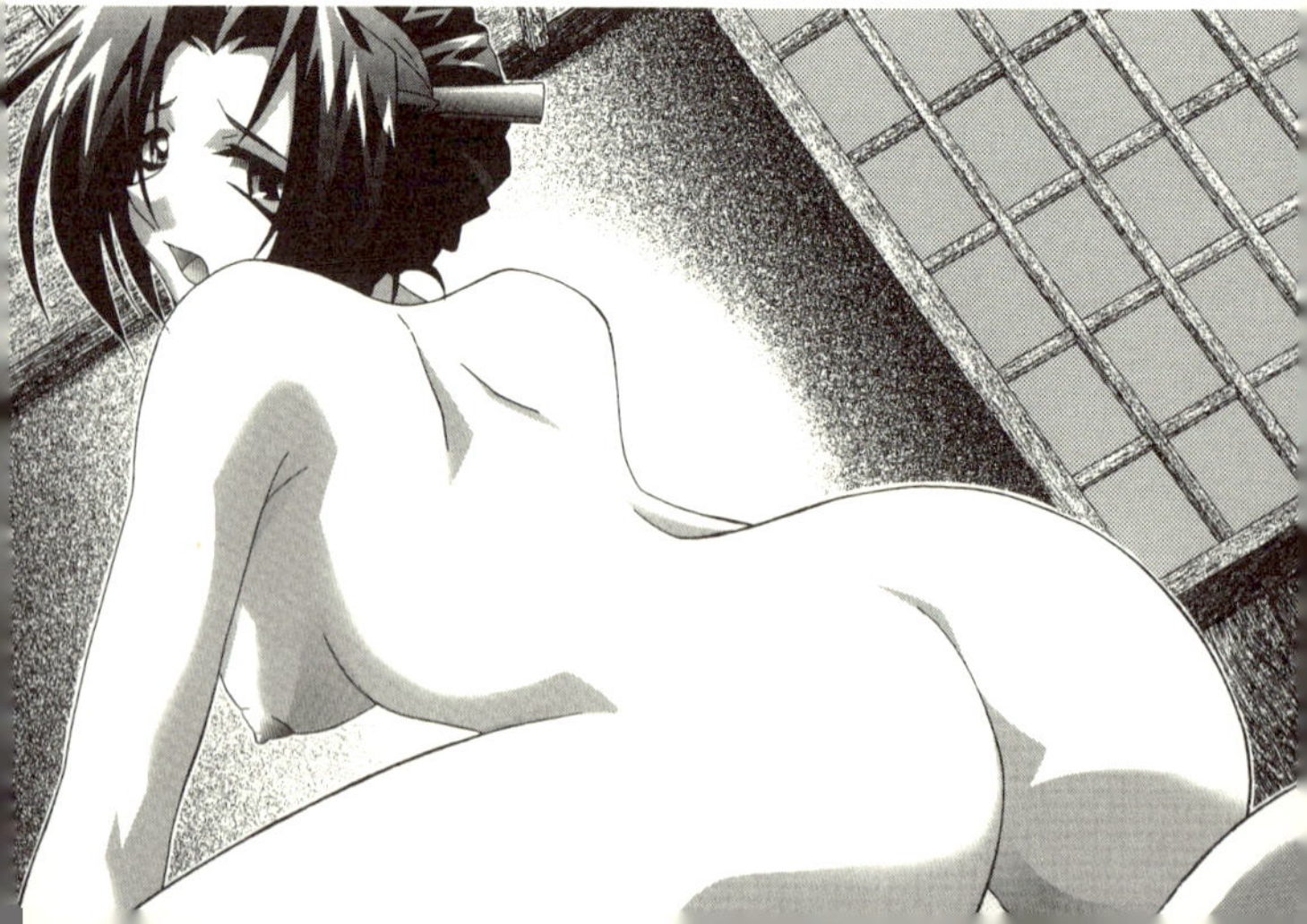

男の裸体をまたいで覆いかぶさる。

「こらこら。そんなにがっつくんじゃねえったら。オレのチ○ボは逃げやしねえよ」

「女をこんなにしたのは、誰だと思ってんのよっ！」

ペニスを秘部にあてがうのももどかしく、多香子が腰を落とした。——ぐっ、ぐっ、ぐうーっ！　と、一気に根本まで咥えこむ。

「——いっ、いっ、い、いいーっ！　イク！　イクうううぅぅぅぅーっ！」

絶叫をあげかかる多香子を、哲也があわてて制した。

「ちょちょ、ちょっと待てっ！　手前《てめえ》ばっかり先にイッちまってどうすんだよ！　オレもつれてけっ！」

「だっ、だって、哲也があんまりジラすんだもの。もう我慢なんて、できっこないよおー」

泣いて口ごたえしながら、多香子が激しく腰を振りはじめる。身体よりも先に、頭の方がイッてしまっているみたいだ。

「ええもう。こうなったら、オレの方から合わせるしかないかっ！」

そう思い定めると、哲也は自ら腰を使いだした。男と女の交わっている部分が、摩擦熱をもったように熱くなってくる。多香子が叫んだ。

「もっ、もうダメっ！　先にイクから！　ご、ゴメンねえぇぇぇ——」

その直前、哲也の腕が伸びた。下から多香子の両乳首をつまみあげて、グッと力を入れる。ピアスをされたような痛さに、少女が背中をそらせた。一瞬の間ができる。

「よしっ！　オレの方も発射準備完了だっ。男の証《あかし》をブチ込んでやるっ！」

「いっ、いいよ！　いまっ！　――だっ、出してぇぇぇぇぇぇぇーっ！」

次の瞬間、多香子の中で熱いものがほとばしった。少女の意識が、まっ白になる。

どうっと倒れかかってくる女体を、厚い胸板で受けとめる。多香子の後頭部に手を回してささえながら、床の上に倒れ込んだ。

そのまましばらくの間、哲也は小屋の天井を見上げていた。ふと気づくと、少女が首を横にして自分の男を眺めていた。

「ありがと……これでボクも、過去を忘れられるよ……」

多香子の中にまだ、哲也の放った残滓《ざんし》が感じられる。その熱い感覚を、彼女はいつまでも覚えていたいと願った。

第4章　亜実

もあもあとした混沌《カオス》の中から、しだいに意識がはっきりとしていく。目覚めの時は、深海の底から浮かびあがってくる感覚に似ていた。

見上げれば、窓から朝日が射し込んでいる。哲也は宮司《ぐうじ》部屋の布団の中にいた。

あおむけになったまま天井を見上げていると、板の木目模様がなんとなく小屋のそれに思われてくる。昨日の行為の印象が強かったので、目に焼きついているのだろう。

あの時の、自分を見つめている多香子の顔を思いだし、哲也はフッと息を吐きだした。

「今まで気がつかなかったけれど、多香子ってかわいい女だったんだな……」

こわばる感覚に気づいて股間《こかん》のイチモツをまさぐってみると、見事に朝立ちしていた。

そういえば、多香子としている夢を見ていたようだ。ちょっと惜しい気がする。

「もう一度寝て、今の夢を見なおすか……」

哲也は布団をかぶり直した。まだ睡魔がのこっていたのだろう。すうっと夢の中に落ち込んでいく……。

「多香子。今から行くから、待っててくれよ……」

呼びかけたとき、その相手が答えた。ただし、夢の中ではなく現実の世界で。

「こらあーっ！　いつまで寝てんだっ！　お天道様はもうとっくに昇ってるんだぞっ！」

ばっさーと景気よく掛け布団がはぎ取られ、まぶしさに網膜が焼きついてしまう。両の鼓膜が怒鳴り声でガンガン揺さぶられた。

「哲也を立派な宮司にしてあげるのが、ボクの役目なんだっ！　今後も、手抜きはいっさいしないから、覚悟しなさいよっ！」

両目を見開く哲也の前に、仁王立ちした多香子の姿があった。第一章ではじめて登場したときの格好《かっこう》のままだ。

「ちょ、ちょっと待て。そういうオチなら前章の終わりでやれ。時間差攻撃をかけてくるなんて卑怯《ひきょう》じゃないか……」

「なにぶつくさ、わけの判んないこと言ってんのっ。さっさと顔を洗って歯を磨くっ！」

こうしてまた、哲也の一日が始まった。

＊

朝食をすませてから、社《やしろ》の見回りに歩くことにする。最初に境内を掃除している有里と舞奈に出会った。まじめかつ着実に働いている有里の横で、今週のお掃除ローテーションパートナーである舞奈があいも変わらぬぽえぽえ感覚でほうきを動かしている。これで他の誰よりも手際がいいのだから、他人の見ていないところで式神《しきがみ》かなにかを使っているんじゃないかと疑いたくなってくる。

本殿に戻ると、亜実がひとりで雑巾がけをしていた。お掃除ローテーションの相棒は京華だったはずだが、またサボっているようだ。鳥居にでも抱きついているのだろうか。

「おはようございます。京華さんでしたら、今しがたまでいっしょに仕事をしていました。あと少しで終わりますから、あたしひとりでも大丈夫ですよ」

新米巫子をかばうけなげな姿に、思わず目がうるんでしまう。爪《つめ》の垢《あか》でも煎じて、京華に飲ませてやりたいくらいだ。感心している哲也に、亜実が問いかけてきた。

「あの……哲也さんは、どう思っていらっしゃるんですかぁ～？」

「どう思ってるって、なんのこと？」

「先ほど、多香子さんが来て言うんです。『もしもボクの代わりに哲也が亜実を選んだとしても、ボクは恨まないよ』って……」

（多香子の奴、亜実がいるからオレに対する態度を元に戻したんだな。昔からいっしょに暮らしていたこいつの気持ちを慮《おもんぱか》って……）

納得する哲也の前で、亜実の方はと見れば、蛇口の壊れかかった水道管みたいに言葉の列をもらし続けている。

「……でっ、でも……ということはつまり、あたしか多香子さんのどちらかが、哲也さんと結ばれるってことで、それは要するに、哲也さんのお嫁さんになるということを意味していているわけで、お嫁さんになるというのは……」

自分ひとりの世界に入り込んでしまっているようだ。掌《てのひら》をかざして目の前で横にふってやると、ハッと我に返った。

「あああっ！　あたしったら今、なにをしゃべってたんだろう。――忘れてくださいっ。お願いですから、今のは全部忘れてっ！」

なんとか話題をそらそうとするみたいに、亜実は急に掃除に身を入れだした。

「そっ、そうです、そうですっ！　神棚のホコリを取るの、忘れてましたっ！　すぐにきれいにしますからっ！」

「ちょ、ちょっと待て、亜実っ！　そんな手つきでやったら――」

一瞬、注意するのが遅かった。――ガラガラガッシャーン！　小気味いい音と共に、祭具の水差しや皿が床に叩《たた》きつけられて散乱する。

「ふえぇぇぇ～ん。すみません。すみませぇ～ん」

それにしても、ここまで見事に神棚の上をきれいに無くしてくれると、いっそ気持ちがいいくらいだ。べそをかきながらも祭具を拾って修復しようとする亜実だが、その努力が報いられることは永遠にないだろう。

「すみませぇ～ん。やっぱりあたしはダメな巫子なんですぅ～。哲也さんのお嫁さんになんかなれっこない……あああっ、また、なんてことを言ってるんだろ。ふぇ～ん」

ひとりボケつっこみでわが身をなげいている亜実。散乱した破片をとりあえず片づけてから、哲也はその場を後にした。自分がここにいると彼女の錯乱《さくらん》がますますひどくなるのではないかと心配したからだ。

*

「こらぁーっ！　哲也あーっ！」

「あああっ！　オレが悪かったっ！　このとおりだ。勘弁してくれっ！」

「まだなんにも言ってないだろがっ！」

「でも、多香子にそういう顔つきで問いつめられたときには、とりあえず謝っとかないとひどい目に合わされるから。負けるが勝ちというだろ」

「なーにが負けるが勝ちよ。あんた、亜実になにしたの。返事次第じゃ、ただでは置かないからね」

「へっ……？」

「それが返答か。よく判ったわ。今から殺すっ！」

「ちょ、ちょっと待てっ。オレがどうしたと言うんだっ？」

「どうしたもないわっ！　彼女が変になっちゃってんの、哲也のせいに決まってるでしょうがっ！　亜実になにを言ったか知らないけど、おかげで朝からこっち、ずーっとパープー状態よっ！　死ねっ。この外道宮司っ！」

「──ま、待て。待て待て待てっ！　その件なら、オレよりも先に責任を問われるべき人間がいるぞ。ただでさえ自意識過剰の亜実に、ロクでもないことを吹き込んだ奴が」

「なるほど。誰かとグルになって、あの子をからかったというのね。──さあ、白状するのよ。正直に言えばスクリューパンチ一発で勘弁してあげる」

両手の指をボキボキ鳴らしながら迫ってくる多香子に、哲也は人差し指をつきつけた。

「お前だよっ」

「え、ボク……？」

「そうっ。多香子が犯人なんだよ。朝、亜実に『哲也が亜実を選んでも恨まない』とか言ったろ。それが原因なんだっ！」

「……ぜ、ぜんぜん知らなかった……」

「知らんですむかっ！　だいたい亜実の奴は、このオレを……オレを……」

「どうしたのよ。いきなり口ごもっちゃって？」

「もしかしたら亜実。オレのことを好いてくれていたのかな……？」

「あんた。もしかして、今まで気がつかなかったの。哲也の前でドジるたびに思いっきり反省してた理由、考えたことなかったの？」

「うん。まるっきり……」

──ドゲシッ！

＊

「おーい、京華。亜実を見なかったか」

「どうしたのよ哲也。ほっぺたを両方とも腫《は》れあがらせて、なんか悪いもんでも食ったんじゃないの」

「どうでもいいだろ、そんなこと。それより亜実を見なかったか」

「ああ見たよ。あの娘《こ》なら、あぶらげ持って裏庭に行ったわよ」

「あぶらげで裏庭？　——そうか。お稲荷さまの小社《おやしろ》に行ったんだな」

「ああ。ワタシが持っていこうとしたんだけど、そしたら急に、自分が行きますーって。——でも変だな。もうかれこれ、三十分以上になるもの。お供えして帰ってくるだけだから、五分もあれば充分のはずだけど……」

「なにかあったのかな。とにかく、行ってみる」

「でも、なんで亜実を探してんのよ。急な仕事でも入ったの？」

「仕事なら、お前に頼むさ。一番、暇してる人間だもんな」

「それゃそうだ。——って、ワタシがサボリ魔だって言いたいのか、こらっ！」

＊

森の中にある神社の裏庭。その奥にある小社の前で、亜実が呆然《ぼうぜん》と立ちつくしていた。お皿に乗せたあぶらげを運んでくる途中、腐葉土の下の根っこに足を取られて、バランスを崩してしまったのだ。幸い転倒はまぬがれたが、皿は割れてしまった上にあぶらげは泥だらけ。精神的なショックが彼女を打ちのめしていた。

「あたしって……いつまでたってもドジでダメな巫子……。せっかく多香子が、チャンスを与えてくれているのに……」

その場にペタリとしゃがみ込んでしまうと、両手で顔をおおってすすり泣きはじめる。薄々ながら、彼女は哲也と多香子の関係が今までとはちがうことに気づいていた。表面上は普段どおり姐さん的な言動の多香子だが、哲也を見る視線には、以前になかったあたたかさが感じられる。

（たぶん……多香子と哲也さんは、もう関係しているんだわ。それでいて、彼女はあたしと対等の距離を置こうとしている……）

だけど、いきなり「ボクと君とは五分五分だよ」と告げられても、多香子に対抗できるとはとても思えない亜実だった。こんなドジな巫子が宮司の奥さんになったら、風間神社は一年とたたないうちに荒れ寺ならぬ荒れ社になってしまうに決まっている。それぐらいならいっそ、自分から身を引いて、多香子に哲也を譲った方がいい……。

そう自分に言い聞かせてみる亜実なのだが、胸を焦がす想いを消し去ることはできなかった。ぬるま湯のようなおだやかな三角関係が、いつまでも続くと思いこんでいた自分が恨めしい。しかし、急にやる気を出そうとしても、ドジの数を増やすだけなのだ……。

悲嘆にくれていると、突然、後ろでガサガサッという音がした。思わずふり返り、亜実は全身をすくませた。目の前に、哲也が立っていたからだ。

「どうしたんだよ、妙におびえちまってさ。あぶらげ落っことしたぐらいで、オレが怒るとでも思ってんのかよ。明るさだけがとりえの、亜実らしくもないな」

「——どっ、どうせあたしは、明るさだけがとりえの女ですよっ！」

やさしい声をかけられて、我知らないうちに怒鳴り声が出てしまう。追いつめられた獣の心境で、亜実は男に背をむけた。

「哲也なんかっ、多香子といっしょになったらいいでしょうっ！　どうせもう、他人の関係じゃなくなっているんでしょうから！」

「多香子が言ったのか、そんなこと……」

「いっ、言うわけないでしょ！　多香子はいつだって、あたしにはやさしいから……」

そこでいったん、言葉に詰まってしまう。

「や……やさしいから、あたしはすっかり甘えてしまって、それで、ドジばかりして……

自分がピエロだってこと、今まで気がつかなくって……」

「ドジったら、ピエロかよ。人が人を好きになるって、そんな単純なことじゃないだろ」

背後から両肩をつかまれた。抵抗しようと身体をよじってみるが、男の力の方がずっと強い。強引に向きを変えさせられると、グッと引きよせられる。唇に唇を押し当てられて、亜実はなにも考えられなくなった。怒りも悲しみも、全部どこかに飛んでいってしまう。

「……………………」

永遠のように長い時間のあと、ようやく亜実は解放された。実際にはほんの数秒間の出来事だったけれど、少女にはそう感じられた。両膝《ひざ》がガクガクと笑いだして、自分が立っていることすらおぼつかなくなってくる。哲也の声が、どこか遠くから聞こえていた。

「昔からずっと、亜実のことが好きだったんだよ。思いっきりドジなとこも含めて、亜実は亜実なんだ。そうだろう？」

コクリとうなずいている自分が、まるで別人みたいだ。今から、お前をオレのものにするからな。――そんなことを言われて、もう一度うなずいたような気もする。

＊

「お稲荷様にはいつもあぶらげをさし上げているから、少しぐらい罰当たりなことをしても、たたりはないよな」

そう言いながら、哲也は小社の戸を開けた。小さな物置小屋ぐらいの大きさのその中は、時々巫子たちが手入れをしているからホコリはほとんどない。ゆったりした神職の服を脱いで小窓にかけると、小社の中が前よりも暗くていいムードになった。これならふたりで裸になっても、さほど恥ずかしがられずにすむだろうと思いながら、ブリーフを下げる。

「……きゃっ！」

と、声をあげて背中をむけてしまった少女に、哲也が話しかけてくる。

「――さ、今度は亜実の番だよ」

そう告げられても、自分から裸になる勇気なんて、とてもない。オクテとかなんとかいうそれ以前の問題で、羞恥心《しゅうちしん》で顔中がトマトみたいに赤くなってしまうのだ。

「亜実ってさ、すっごいネンネなのな」

哲也の声にはしかし、バカにしているような響きはなかった。むしろ、子供みたいに無知な少女にセックスの悦《よろこ》びを教えることに、ある種の期待を感じている節すらある。

――どく、どく、どく、どく、どく、どく、どく、どく、どく……。

自分の心臓が、早鐘《はやがね》みたいに鼓動しているのが感じられる。それ以外の知覚は麻痺《まひ》してしまって、ほとんどなかった。まるで、夢の中のできごとを体験しているみたいだ。男の手が背中に回されて、床に座らせられているみたい……巫子の衣装の襟元をはだけさせられているみたい……帯をとかれて、ブラとパンティの下着姿にされているみたい……。

「……綺麗《きれい》だよ。亜実……」

吐息といっしょに、そんな言葉が自然と口にでてしまう。薄いピンク色の下着が、亜実にはよく似合っていた。京華あたりに着せてみれば挑発的で生臭く思えるであろう色づかいが、この少女では、ネンネちゃんが背伸びをしているイメージにとどまっていて愛らしい。丸まっちい顔つきの幼っぽさと、意外なほどボリュームがあって肉感的な肢体のアンバランスさが、下着の色によってさらに際立っている。この少女の官能のスイッチを最初に入れるのが自分であることに、哲也の心は加虐めいた期待でふくらんでいた。

「最後に身につけているものも、脱いでしまおうね」

などと、幼児語っぽくことわりを入れるのも、少女の中にあるおびえをやわらげさせるためだ。ブラジャーが外されると同時に、ぷるるん——といった擬音を伴《ともな》ってふたつの乳房がまろび出る。その揺れ具合と形のよさに思わずしゃぶりつきたくなる哲也ではあるが、ここはグッとこらえるしかない。なにしろ体つきの成熟度と心の未熟さが正反対の少女なのだ。性急に迫れば泣きだすか拒否されるか、どっちにしてもいいことはない。

巫子の着物を敷布代わりにして、パンティ一枚になった裸身をあお向きにしてから、少女の気持ちが落ちつくのをしばらく待つことにする。お尻《しり》や太腿《ふともも》の肉づきもそうなのだが、ぷくっとした感じのお腹には若干の贅肉がある。でもそんなところが逆に、セックスアピールを強めているのが亜実の魅力だった。指先で押せば跡が残りそうなほどやわらかくて、砂糖をたっぷり使ったスポンジケーキみたいに甘ったるい感じ。下半身のこわばりに辛抱できなくなり、掌全体で下腹部をさわさわと撫《な》でさする。すると少女は、自分の両手で顔をおおってしまった。その行為が被虐的なイメージをさらに煽《あお》る。

「パンティ取るよ。いいよね……」

ことさら小さな声で許可を求める。でも亜実は答えない。いいよねと、もう一度尋ねる。今度はほんのわずかだが、首が縦にふられた。

レースのついた薄いパンティに手をかけ、そおっと太腿を下げていく。パンティの上から透けてはいたが、下半身の毛の色は意外なほど濃くて黒かった。どこまでもアンバランスな少女の体つきだ。

一糸まとわぬ姿にしてから、哲也はふと考え込んだ。超恥ずかしがり屋で敏感すぎるくらい敏感な亜実である。油っこい前戯には神経が堪《こら》えられそうもない。かといって、最初から正常位でというのも、あまりに芸がなさそうだ。

悩んだ末、哲也は少女の足元に回った。ぴっちりと閉じられた太腿が、目の前にある。その先の膝に両手をかけると、ほんの少しだけ、力を入れてみる。――そのとたん、キュッ！　と、強い力で、ふたつの膝小僧が合わせせられた。

「ちょっとだけでいいから、脚を開いてよ。でないと、これから先に進めないだろう」

イヤイヤをするみたいに、両手で押さえられたままの亜実の顔が横に動く。

「オレのこと、嫌い……？」

そう尋ねれば、首を横にふって否定する。

「じゃ、受け入れてよ。オレのことをさ」

もう一度力を入れてみると、今度は前ほどの抵抗はない。

「よしよし、いい子だ。いい子だ……」

赤ん坊をあやすみたいに話しかけながら、六十度近くまで脚を広げさせることに成功する。でもそれ以上開こうとすると、キュッと反動が来る。中途半端な姿勢を取らせたまま、哲也は動きを止めた。思わず、ふう……と、ため息をついてしまう。ここまで来るだけでも戦場における地雷除去作業並の集中力が必要だったのだ。でも、彼女にだって、弱点がないわけではない。

――じいぃ……。

いっさいの動きを止めたまま、哲也は視点を少女の両腿の間に集中させた。指のすき間から、亜実の目がチラ――と、こちらを眺めるのが判る。

(哲也さんが……見てる……あ、あたしのアソコを……)

亜実の全身が朱色に染まっていく。と同時に、陰毛がわずかばかり湿り気をおびてきた。

――つつぅ……。

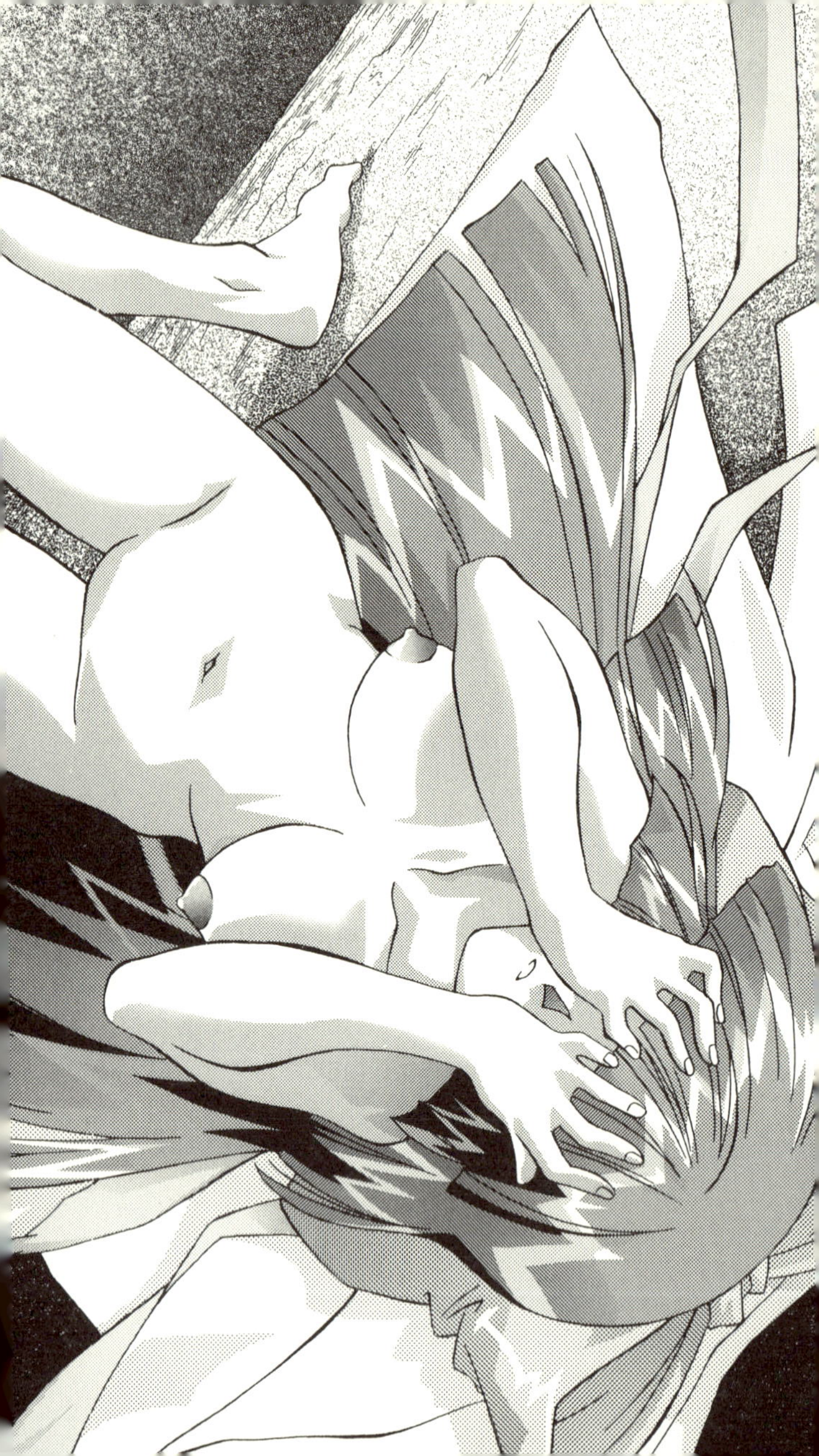

朝露にも似た滴が糸を引いて、ヒップから床にこぼれ落ちる。その直後、ぶるるん――と、少女の下半身にふるえが走った。視姦《しかん》されていることに感じはじめているのだ。心はまるきり子供でも、肉体の方は熟しきっている亜実である。羞恥心さえ不用意に惹起しなければ、身体が自然に反応してくるはずだった。

――つつぅ……。つつぅ……。つつ……つつつ……。

湧きだす泉の流れが、次第に豊かになってくる。それから少しして「あ、あん……」と、少女が声をあげた。恥ずかしさに加えて破瓜《はか》の苦痛に対する恐怖感と、男のものを受け入れたいという裡《うち》からの欲望とが、心の中でせめぎ合っている。やがてそれは、自分の顔を覆っていた両手を、ためらいながらもどけるという行為となって現われた。ほんの少し肩口を床から浮かせると、亜実は言った。

「哲也さんのことが、好きなの……」

自分のバージンを奪ってとか、あなたのものにしてとかは、まだ言いだせない亜実だ。しかし、ひとつの意思表示にはちがいなかった。「いいの？」と彼が目の動きで問いかけると、コクリと小さく、でもはっきりとうなずく。

もう一度、腕に力を入れ、少女の両脚を横に開く。九十度を越えても今度は抵抗を感じない。全身を前にいざらせて、上半身を少しずつ股《また》の間に割り込ませる。自分を見つめる少女の目に、ふたたび恐怖の色が宿ったとき、

「可愛《かわい》いよ、亜実。まるで、お菓子みたいな女の子だね。食べてしまいたいくらいだ……」

そう言いながら微笑《ほほえ》みかけてあげると、彼女の顔つきがすうっと柔和なものになる。

「食べても、いいよ……」

と、少女が両目を閉じる。二度目のキスをするために、哲也は身体を屈《かが》めた。当然のことながら、裸の胸と胸とがぴったりと密着する。乳房をグッと押される感触。

「——く……」

口腔《こうこう》の中に侵入してくる舌を、亜実は感じた。それと同時に、両乳房がまさぐられているのが判る。首をわずか横にひねって逃れようとする亜実。でも、哲也はそれを許さない。

「……く……うん……」

ディープキスを強要される亜実。歯と歯がカチカチ音を立て、からみ合う舌と舌。重なった口の間からは唾液《だえき》があふれ出し、美少女の頬《ほお》を濡らして落ちる。

唇を一度離してから、哲也はふたたび少女に口づけをした。今度はやわらかな喉元《のどもと》にむかって、吸血鬼がするみたいに歯を立ててみる。

「……あ……あん……。いっ……いい……いい感じ……」

とうとう我知らぬうち、愛撫《あいぶ》に応《こた》える声が漏れだしてしまう。哲也の口撃《こうげき》が喉から乳房に移った。発酵前のパン生地みたいにやわらかいそれを舐《な》めまわし、ちょっと噛《か》み、それから舌の先で乳首を片方ずつレロレロレロしてみたりする。

「あっ！　だ……だめっ……そこは、まだだめ。これ以上感じたら、変になっちゃう……」

官能の高まりに押されて、あとの言葉が続かない。背中をエビ反りにして少しでも快感を堪えようとするが、それは逆に、マシュマロみたいな乳房を男の前に突きだすことになってしまうのだ。

――ちゅば、ちゅば、ちゅば……。

「――あっ！　あっ！　――あああっ！」

母親の胸を愛撫する幼児そのままに乳首を求められ、母性愛の感情が官能に加わった。女にされようとしていると同時に、母になっていくような気分。その直後、亜実は、自分の股間に押し当てられるものを感じた。

（こっ、これって、哲也のアレの先っぽ――）

「陽根」とか「ペニス」とか、そういう単語は亜実のボキャブラリーの中にはなかった。せいぜいが「オチンチン」ぐらいで、男のモノが欲情するとどうなるかなんて、考えたこともない。幼い頃、いっしょにお風呂に入るとき父親のイチモツを見たことはあるけれど、今、彼女の股間に当たっているものは、だら～んとしたそれとはまるで別物だ。カチカチに硬くて、角みたいな凶器のイメージが思い浮かばれる。その直後、亜実はパニックに捕らわれた。

「だっ、ダメよっ。ダメっ！　そんなものを入れられたら、あたし壊れちゃう！」

思わず哲也の肩に手をかけて、突き放そうとする。だけどここまできて、はいそうですかとやめてしまう男なんて、世界のどこにもいるわけはない。こわばった怒張を握りしめて、哲也は標的に照準を合わせていた。あちこちチョンチョンつついているうちに、ヌルッとへこんだところに亀頭が合わさるのを感じる。雄の本能が、目的地を探り当てたのだ。

「いくよ」

「——ひっ！」

次の瞬間、苦痛のかたまりが下腹部をぐぐうっと突きあげてくる。高圧電流を流されたようなショックに、亜実は襲われた。

「——いっ、痛い。痛いっ！　痛いいぃぃぃぃーっ！」

魂消《たまげ》る絶叫とは裏腹に、少女の膣内《なか》はしっとりとして、男のものを迎え入れるには理想的な状況だった。破瓜への恐怖と過敏になった感覚が苦痛を倍加させているのだ。膣《ちつ》内の中ほどでコツンと当たるものを感じ取り、怒張の進撃がいったん止まる。それが処女膜であることを覚ると、哲也は全身に悦びの波が走った。

「亜実。今からお前を奪ってやるからな」

少女の脇の下に手を回し、下から肩口をつかんで少女の身体がずり上がらないように固定する。準備がすべて整ったところで、グッと腰を落とした。——グググウゥーッ！

「——あっ。ああぐっ！……」

一瞬、下半身を切り裂かれる激しい痛みが走る。それが広がるような鈍痛に変わっていく中で、少女は自分が男のもののすべてを呑み込んでしまったことに気づいた。

(とうとうひとつになったんだ……。あたし、哲也と……)

破瓜の苦痛がおさまるまで、哲也は亜実の身体の中でじっとしていることにした。怒張は早くこの少女を責め落としてしまいたいとささやきかけるが、肉体だけではなく、彼女の心を含めたすべてを自分のものにしてしまいたいという欲望が、かろうじてそれを抑えている。そのためには、いっしょにクライマックスの高みをきわめておく必要があった。

(ここまできたんだもの。哲也といっしょに達しなくちゃ……)

たくましい男の裸体にしがみつきながら、亜実の方も同じ思いでいた。身体をひとつに合わせた今では、羞恥心はもう残っていない。破瓜の痛みも嘘《うそ》のように感じなくなっていた。目をあげれば、なにかに堪えているような男の顔が目前にある。

(あたしの中に出すのを、少しでも遅らせようとしているんだわ……)

肉体の交わりと重なって、ふたりの思いがひとつになっている。言葉のやりとりはなくても、哲也にはタイミングが判った。少女の中でゆっくりと怒張を前後に動かしはじめる。

「……ああっ……ああっ……ああん……ああっ！　……」

泣きだす声と、亜実の中に押し入るピストンの動きが同調していた。男の腰を挟みつけている両脚が持ちあげられ、哲也のヒップの上で足首をクロスさせていた。より深く、自分の中に彼のものを感じたいという意識が、その姿勢をとらせているのだ。哲也は動きを速めた。

「あう……あん……あん……あうん――あんっ！　――あんんつっっーっ！」

引いては押し寄せる、潮騒にも似たリズムの中にふたりは没頭している。哲也の動きに激しさが加わった。ペニスの先端が完全に膣口《ちつこう》から抜きだされ、その直後、美肉の洞窟にズボッと吸い込まれていく。ダイナミックな腰の動きと、指をからませて互いの顔を見つめ合っている上半身が、動と静の見事な対比をなしていた。やがて、亜実が唇を噛みしめながら首を激しく振りはじめる。心の中で、哲也は舌打ちをした。

（ま、まずいな……。このままじゃ、亜実の方だけ先にいってしまうぞ……）

その時ようやく、哲也は自分の誤算に気づいていた。バージンを奪われた直後である。少女の上昇曲線はごく緩やかなものだろうと予測していたのだ。だが亜実は、心は未熟でも身体の方は熟しきっている少女だった。破瓜への恐怖感という枷が外れてしまった今では、打ち上げ直後のシャトルみたいな勢いでクライマックスにむかって一直線に登りつめようとしている。その勢いを、なんとか弱める必要があった。

「――くっ。くうっ……」

このまま美少女を責めつづけたいという本能にさからって、膣内からペニスを引き抜く。ピストンの動きが急に停止したことに、亜実が露骨に不満げな顔をした。

それを無視して身体を起こし、哲也はその場にあぐらをかいた。亜実の背後から両太腿をつかんで、幼児にオシッコをさせるときの姿勢を取らせ、そのまま自分の腰の上に座らせる。乳房とおへそのあたりに強い性感帯を持つ女体との接触点を、ペニスとヴァギナに限定させればと考えたのだ。その体勢から、ふたたび亜実を責めはじめた。

「くっ……くっ……く……くううぅぅっ……」

ピンク色に染まった亜実の全身を、後ろから上下に揺さぶる。不安定な姿勢を取らされて、美少女の上昇曲線にゆるみが生じた。その間に、ようやく哲也が追いつく。亜実が叫んだ。

「……いっ……イク……いく――イクわっ！　――今、イクわあぁぁぁぁーっ！」

「おっ、おっ、おうっ！　こっ、こっちも今、イクぞっ！」

次の刹那、美少女の太腿の間で男の腰がブルブルッとふるえた。大量のザーメンが子宮を満たし、亜実の意識をまっ白な光で塗りつぶした。

第5章　京華

――キュッ。キュッ。キュッ――

板張りの廊下を、こちらに歩いてくる足音がする。

(この歩幅の間隔と床板のきしませ方からすると、彼女だな……)

多香子や京華はもっと大股《また》で歩くから、きしみの間が長い。舞奈は小股だが体重が軽いから音が小さい。凛は小走りに近い走り方をするから、キュッ、キュッ――ではなくて、キュッキュキュッキュッと連続的に鳴る。オッチョコチョイの亜実なら歩幅の間隔はまちまちだ。宮司《ぐうじ》部屋の前で足音が止まり、話しかける声が聞こえてきた。

「哲也様。ちょっとお話があるのですが、よろしいでしょうか?」

「どうぞ、有里さん。ちょうど記帳の写しが終わったところですから」

答えながら、哲也は筆ペンを机《つくえ》に置いた。本来なら墨汁と筆を使うところなのだが、手間がかかる上に、あと二週間ちょっとと迫った風間神社主催の夏祭りの準備にも追われている。今は、少しでも時間が惜しいときだった。

すうっ――と襖《ふすま》が開き、上品な物腰で有里が入ってくる。向きなおりながら、哲也は一週間前の出来事を思いだしていた。

(こんなに美しくてしとやかな人が、オレの身体の下でよがり声をあげてたなんて、今でも信じられないよな。――それにしても突然、なんの用だろう……?)

哲也が忙しいのは、充分承知しているはずだ。つまらない用で来たとは思えない。

（もしかしたら、あの時の快感が忘れられなくなったんじゃないだろうか。人妻ほど乱れると我を忘れるっていうからな。いきなり前をはだけて、抱いてくれとか……）

「哲也様、なにかよからぬことを考えておいででしたら、ちがいますわ」

図星を差されて、どきりとする哲也。見透かしたような笑みを浮かべてから、有里は真顔に戻った。

「私がおじゃましましたのは、巫子たちのチームワークについてですの」

「チームワークといいますと……？」

「私たちがこの神社に来て三週間近くたつのですが、巫子たちの連帯感が今ひとつ、と思えるのです。夏祭りも迫っていることですし、なにか小さな行事《イベント》とかなさって、チームワークを強化されてはいかがでしょうか？」

「ミニ・イベントですか」

「ええ。単純な生活が続くと、かえってフラストレーションがたまるものですわ。個人個人の軋轢《あつれき》なども、そろそろ形になって現われる頃ですから……」

正論ではあるが、突然言いだされても実感がない。それに、哲也からすればこの十数日は有里との情事あり多香子や亜実との関係ありで、退屈さとはほど遠い毎日だったのだ。

哲也が反論しようとした時、廊下をこちらにむかう足音が聞こえてきた。――ドタドタバタバタと、走る音だ。哲也はつぶやいた。

「あの足音からすると、亜実か凛だな」

――ドタッ！　と、大きな音、続いて「ふみ～ん」と泣きだす声。有里が微笑《ほほえ》んだ。

「亜実さんでしたわね……」

「しっ、失礼しますぅ～」

「どうしたんだよ、亜実。血相変えて？」

「たっ、大変ですぅ～。多香子さんと京華さんが、本殿前で取っ組みあい寸前の大喧嘩《げんか》を始めましたぁ～」

「――えっ！」

「――ええっ！」

と、思わず声をハモらせてしまった哲也と有里だった。

＊

「やはり、有里さんの意見が正しかったか……。となると、彼女の言うとおりミニ・イベントでチームワークを強化する必要があるよな……」

腕組みして考えをまとめながら、哲也は本殿の廊下を歩いていた。

ケンカの原因はほんの些細なことだった。京華の掃除のペースが遅いのを、多香子がサボりと受け取ったことから始まったらしい。もともと仲がよかったとはいえないふたりだが、それまでなら、片方が相手を無視しておしまいになるはずだった。ところが今日は、多香子の小言に京華が「小姑《こじゅうと》ぶってる」と言い返し、カチンときた多香子が京華を給料泥棒呼ばわりしてエスカレート。殴り合いになる寸前のところを、哲也たちが仲裁に割って入り間一髪《かんいっぱつ》事なきを得たという次第だ。

有里が見抜いたとおり、巫子たちの間でフラストレーションがたまっているのは明白だ。なにか手を打たねばと考えて、哲也はポンと掌《てのひら》を打ち鳴らした。

「――そうだ！　たしか、去年の夏祭りのとき、境内に露店を出した組合のおっさんから売れ残りの花火をもらったって、爺ちゃんが言ってたな」

巫子たち全員で花火大会をやれば、結束も固まるし花火も無駄にならない。一石二鳥である。昨年のことなので、花火の保管場所は多香子か亜実しか知らないはずだが、どちらかに聞けば判ることだろう。

話し合いの結果、花火大会は今から一週間後、月末の土曜日に行なうことに決まった。

＊

「文句を言うわけじゃないんだけどさ、これって、巫子の仕事とはとても思えないのよね。

プライベートな立場から言わせてもらえば、みっともないことおびただしいし……。特別労働手当をくれる気持ちとかって、ないのかしら？」

「――ない」

賃金闘争に持ち込もうとする京華を、哲也は一言の元にはねつけた。今日は二十七日の火曜日、恒例になっているミニスーパーへの買いだしに行った帰りである。たしかに京華の言うとおり、巫子の衣装を着て両手いっぱいに買い物袋を下げ、神社への小道をぶらぶら歩いている姿というものは、あまり見られたものではない。しかし、境遇からすれば宮司だって同じことだし、ウイークデイの午前中だから労働時間の範囲内なのだ。

チラリ、と哲也が後ろを見れば、両手にビニール袋を下げてぶうたれている彼女のあとを、同じほどの大きさの荷物を持った舞奈がとことこついてくる。小柄な少女の方はまるで両手に荷物を持っていないかのような歩き方だ。もしかしたら荷物さんとピピって、重さを消してもらっているのかもしれないとすら勘ぐりたくなる。

本日のお買いもののお供は、京華と舞奈のふたりだった。舞奈ひとりでは心もとないからと京華もつれていくことにしたのだが、予想どおりというか予想に反してというか、役に立ったのはやはり、小柄な少女の方だった。

ミニスーパーに着くと、哲也はそれぞれの買い込む食材分担を決め「安くていいものを選べよ」と命じて、あとは各人の判断にまかせた。しかし、京華があまりに無造作に食品パックを籠の中にポイポイほうり込んでいくものだから、どんな基準で選んでいるのかとチェックしてみることにした。その結果判ったことは、彼女の選んだものにはひとつ残らず割引券が付いていることだ。

「第一に安いこと、第二に経済的であること、第三に同じ金額なら少しでも多くの商品を買えること、これがワタシのモットーよっ！」

同じ内容のセリフをくり返しているだけという気もするが、とにかくポリシーはあるようだ。哲也が籠に食品を戻しかけたとき、舞奈がシャケの切り身を手にしてピピ状態に入った。ほどなく現実の世界に戻ってくると、こんなことを言う。

「……この子、寒いって言っています……」

「そんなのあたりまえじゃない。冷凍食品なんだもの」

「……もう三日間も冷たいところにおかれて、寒くて寒くて仕方がないって……」

「ちょっと待てっ！　それじゃ、このシャケの切り身は、三日前にパック詰めされたもんだというのか？」

「……そうだって、お魚さん言ってます……」

「京華ぁぁ――」

「し、知らなかったわよ。これほどの優良店が、そんな古いものを売ってただなんて……」

と、さりげなく店に責任転嫁する娘はほっといて、哲也は舞奈に買い物籠の中の食材を全部ピピッてもらうことにした。その結果判ったことは、割引券の張られた食材にも比較的新鮮なものはあるということだ。ピピピ・チェックを通り抜けた食材パックだけを籠に戻すと、ちょうどいい分量になった。しかも予算額より五割近くも安い。これなら凛が五人前食おうが六人前食おうが、赤字にはならないだろう。

というわけでその日の帰りは、哲也はすこぶる機嫌がよかった。京華から給料について文句がでようと、笑って受け流すくらいの余裕はある。

「ねえねえ。哲也ったら、聞いてるの、哲也……」

(京華の奴、懲りずに賃金を上げろと要求してくるつもりだな)

無視してしまおうと決め込んで、とっとと歩きつづける。京華は怒鳴り声になった。

「ちゃんと聞きなさい。さっきから舞奈の姿が見えないんだってばっ！」

「——なにっ！」

あわてててふり返ると、たしかに少女の姿が見あたらない。もしかしたら今しがた通りすぎた分かれ道で、別方向に行ってしまったかもしれない。今来た道を走って引きかえす哲也。そのあとに京華が続く。

——いた。

舞奈がいた。小道の脇にある石地蔵の前にしゃがみ込んで、うずくまっている。

「舞奈っ。大丈夫か。立ちくらみでもしたのか？」

有里が日射病で倒れたときのことを思いだし、哲也はそう尋ねた。少女が弱々しい笑みをむける。

「……大丈夫です。少し疲れただけ。ちょっとの間休めば、元に戻りますから……」

哲也の後ろで、京華がバツの悪そうな顔をしていた。自分の体格からすれば重すぎる荷物を持たされて不平ひとつ言わなかった舞奈に、申し訳なさを感じているのだろう。少女の横に座り込むと、彼女は宮司にむかって言い放った。

「ワタシは今から、少しサボることにするわ。文句があったら、あとで言ってよね」

いかにもつっぱり娘らしい、思いやりの表し方だった。哲也も休憩することにして、三人で路肩の土手に腰を降ろす。ややあって、舞奈がつぶやいた。

「……京華さんって、いい人なんですね……」

「やめてよ。そういう言われ方はしたくないの」

「……でも、お地蔵様も同じことを言ってます。片意地を張って生きているけど、心根はやさしい人だって……」

少女の横に佇《たたず》んでいる石地蔵が、つっぱり娘の目に映る。人生のすべてに達観した地蔵の眼差しと、自分以外のものすべてにつっかかってみなければおさまらない視線が、夏空の下で交わった。地蔵から目をそらす娘に、少女が口を開いた。

「……私が歩いていたら、このお地蔵様が話しかけてくれたんです。疲れたときには、休むのが一番いいって……」

「今も、なんか言ってるの？」

「……はい。夏祭りがんばりなさいって、哲也さんに……」

京華の視線が、地蔵から哲也に移る。首を横にふって、彼は否定した。

「オレには舞奈みたいな能力はないんだよ。聞こえるわけないだろ」

「……今は、そういう状態にないだけです。でも昔は、その坊やも儂《わし》の声を聞くことができたって、地蔵様がおっしゃっていますよ……」

「昔……？」

言われてよく地蔵を眺めれば、心の片隅に記憶の破片がある。あれは……。

「……そういえば、あれは十年以上も前の……ちょうど今頃だった。台風が近づいていた、風の強い日だったけど……」

思いだしながら、哲也は話しはじめていた。それはまだ少年だった彼が、祖父に頼まれたものを町まで買いに行った帰り道だ。身体が小さかった哲也には大きな荷物がおそろしく重く感じられた。そこに突風が吹いてきて、傘が飛ばされてしまった。ずぶぬれの中で、必死に荷物を抱えて歩いていた……。それから、ぬかるみで足を滑らし、道ばたに倒れ込んで泣いていた記憶がある……。

そこまで話して立ちあがると、哲也は周囲を見回した。

「ああ。思いだした、この場所だ……。あの時、どこかから『立ちなさい。そして歩くのです』って声が聞こえてきて……。声のした方向を見ると、目の前に小さな石の地蔵がぽつんとあったんだよな……」

不思議な思いで泣きやむと、少年は歩きはじめた。しばらくすると道のむこうから祖父が小走りでかけてきて、彼を両手で抱きしめた。その時の腕のあたたかさは、今でもはっきりと覚えている……。

「――だけど、それだったらどうして、地蔵様のことはきれいさっぱり忘れちまってたのかな？」

哲也の話が終わると同時に、京華が茶々を入れてきた。

「それに、変だと思わない。舞奈の時には休めって言っといて、哲也の方にはどうして『立て』だなんて正反対のことを言うのよ。矛盾してるじゃない」

せせら笑う声が、のどかな小道に響いて消えた。舞奈が答える。

「……自分自身を見つめる勇気のない人には、聞こえないそうです……」

「どうせワタシには、お地蔵様の話なんて聞こえないわよっ」

突然、京華が声を荒げた。その激しさに哲也は驚いた。しかし舞奈の方は、まるで表情を変えない。

「……自分の過去をまっすぐに見ることができれば、あなたにも儂《わし》の声を聞くことはできるはずだって、お地蔵様が言っています……」

京華が立ちあがった。その全身がふるえている。目の前の少女にむかって、彼女は罵声《ばせい》を浴びせかけた。

「あんたみたいな小娘に、なにが判るっていうのよっ！　ワタシの、ワタシのつらかった過去が――」

「……お地蔵様が言っています。親に顧《かえり》みられなかった過去は、あなたの責任ではないって。だからいつまでも、自分を責めていてはいけないって……」

京華が息を呑んだ。その反応から、哲也は舞奈が、彼女の心の傷にふれたことを悟った。

次の瞬間、京華は思ってもみなかった行動にでた。大きく身体をそらせると、口の中に含んだ唾《つば》をペッとばかりに吐きかけたのだ。

まるで自分に唾がかけられたかのように、舞奈の身体がビクンと揺れ動く。しかし、それが当たったのは、路傍に佇む石地蔵の顔だった。無言のまま置いてあった買い物袋を取りあげると、京華が歩きはじめる。

舞奈が立ちあがり、ほたほたと京華のあとを追った。疲労はすでに回復しているらしい。同じように立ちあがり、歩きかけて哲也は足を止めた。ふり返り、着物の袖《そで》を使って地蔵の顔から唾をぬぐい取ってあげる。

「申し訳ありません、お地蔵様。彼女には悪気はなかったんです。どうか許してやって下さい……」

『……いいんじゃよ……』

哲也の動かす手が、突然、中断した。二、三歩後ずさってから、彼は巫子たちのあとを追って走りだした。

＊

暑くもなく、さほど湿度も高くないというのに寝つけない夜がある。その日の夜がそうだった。宮司部屋の天井を見上げたまま、かれこれ一時間近くもそのままでいる。

（……今日は、色々なことがあったからな。あの時、オレはほんとうに、地蔵様の声を聞いたのだろうか……？）

それを耳にしたときは、闇雲に恐ろしくなった。大人《おとな》の神経と常識が、無機物に話しかけられることに対する恐怖感に堪《こら》えられなかったのだ。走っている最中にもう一度、哲也は「声」を聞いたような気がする。

『……お前さんなら、あの子の寂しい心を救ってやることができるやもしれん。虚心に耳をかたむけて、悩みを聞いてやることじゃ……』

「やめてくれよ……。オレが狂っちまったら、神社はどうなるんだよ……」

布団の中から身を起こすと、背中がびっしょりと汗をかいているのが判る。水分を奪われたために、喉《のど》がカラカラだ。

「たしかまだ、買い置きの般若湯《はんにゃとう》があったはずだよな……」

般若湯というのは、隠語でお酒のことだ。もともとは僧侶の言葉だが、仏や神に仕えるものが酒を口にすることを戒めてできた言葉だから、宮司が使っても不自然にはならないだろう。ゴソゴソ布団から這《は》いだすと、哲也は棚の戸を開け、その奥に手を差し入れた。

しかし、隠しておいたはずの酒は棚にはなかった。多香子に発見されたのかと推理してから、その考えを否定する。彼女に見つかったのなら、「見習い宮司がこんなもの飲むなんて、神様に詫びろっ!」とばかりに蹴りのひとつも飛ばしてくるところだ。——だとしたら、犯人は誰で、般若湯はどこに消えたのか……。

「くそ。あれはとびきりの銘酒だったんだぞ。だれが盗みやがったんだ……」

暗闇に文句を言ってもはじまらないし、喉の渇きもおさまらない。水道の水でも飲んで寝るしかないと、彼は起きあがった。

*

寝間着のまま本殿の廊下に出ると、なにか得体の知れない気配のようなものを感じた。

起きたときに見た目覚まし時計の針が、午前三時を差していたことを思いだしてしまう。

「丑三つ時じゃねえかよ……。なんか出てくるのだけは、ご遠慮申しあげたいなぁ……」

妖怪に遭遇するくらいなら、まだしも賽銭泥棒の方がいい。自慢ではないが、哲也は物の怪のたぐいは大の苦手だった。昔、よくトイレに行けなくて爺ちゃんにつれていってもらった記憶がある。その時、前庭の方からかすかに物音がするのが聞こえてきた。

「……よ、妖怪……あるいは、丑の刻参りか……？」

一度、それと出会ったことがある。今みたいに寝つかれず夜半に起きると、外からコーンコーンと木槌を鳴らす音が聞こえてきたのだ。何ごとかとのぞく哲也の目に、額に蝋燭《ろうそく》をともした白装束の女の姿が映った。呪う相手をよほど憎んでいたのだろう。むき出しになった歯と血走った目つきが、小便をちびりたくなるくらい恐かった。

「で、でも、考えてみれば、今のは五寸釘を打つ音とかじゃないよな。むしろ、なにかをズルズル引きずるみたいな……」

恐怖と好奇心がせめぎ合い、後者が勝って彼は草履をつっかけた。本殿の戸をそっと開け、恐るおそる前庭に足を踏みだす。しかし、誰の姿も見えない。

ほっとした直後、後ろからポンと肩を叩《たた》かれた。酒臭い息が、むわーと鼻にかかる。

「宮司様じゃ〜ねぇかよぉ〜。こ〜んなところで、な〜にをしてるのかなぁ〜」

深夜に響きわたる陽気きわまりない声は、まぎれもなく京華のものだった。

＊

「きょっ、京華ぁー。手前《てめぇ》酔っぱらってるなっ。しっ、しかも、全裸でっ！」

正確に表現すれば全裸一歩手前といったところだろうか。ブルー系のカラーブラが肩口に紐《ひも》一本で引っかかってた。素っ裸よりも、かえってエロチックなくらいだ。その手に抱えているものを見て、哲也が叫んだ。

「あーっ。『魍魎《もうりょう》』っ！」

「な～によ～。人を妖怪扱いしないでよぉ～」

「ちがうっ。酒の銘柄だっ。お前っ！　宮司部屋からオレの酒を盗んだろうっ！」

「むはははははぁ～。ぶぁれちゃ～しゃ～ないわねぇ～。この前の夜、玉串の材料もらいに行ったとき、ひとりでこっそり飲んでたでしょ～。それで隠し場所がわかっちゃったのよぉ～。哲也が風呂入ってる隙にちょ～だいしたってわけよぉ～」

「なんで盗んだんだ。オレの酒っ！」

「む～しゃくしゃしてたからにぃ～きまってんじゃないぃ～。な～にさぁ～舞奈のやつぅ～。ちょっと変な力があるぅ～からって～イバんじゃないわよぉ～」

「変な力って、あのピピピ能力のことか。――それじゃやっぱり、彼女の言ったことは正しかったんだな?」

「そ～お～。どんぴしゃあ～。ワタシってば、親に見捨てられた子供なのぉ～。さもなきゃ～酒食らって境内ストリーキングなんてしないわよぉ～」

京華がグイ、と腕を突きだした。その手にコップが握られている。

「ワ～タシのおごりだっ。お前も飲め～っ!」

「返せよっ。誰の酒だと思ってるんだ!」

「ほ～。そんなこと言える立場かなぁ～。哲也が酒隠していたことがバレたら、多香子が怒るだろ～な～。お～い～。多香子さ～ん～」

「――まっ、待てっ! オレが悪かったっ。つき合うっ! いっしょに飲むっ!」

「最初から～そ～いや～いい～んだよ～。ほおれ～。一気にグッとやれぇ～」

とくとくとくと酒をつぐ京華。やけくそ半分で、哲也はそれをあおった。

「お前に飲ませるくらいなら、自分で飲んでやるわいっ!」

「お～。さすが男だねぇ～。い～飲みっぷりぃ～(ぱちぱちぱち……)」

「拍手すなっ。――げっ。半分ぐらいしか飲んでなかった一升瓶が、ほとんどカラになってる。こっ、このウワバミ女っ!」

「そ～んなに飲んだかなぁ～。よく覚えちゃいね～や～。ああ～眠ぅ～」

玉砂利の上にあおむけにひっくり返り、京華はく～く～と寝息を立てはじめた。

「おいっ。こんなとこで寝たら風邪ひくぞ。もしもーし。京華さーん」

「入ってま〜すぅ〜。ムニャムニャ……」

「トイレじゃねえってば……。しかし、この状況をどうしたらいいんだよ……。完全に酔いつぶれちまってるから起きそうもないし、かといって、ひとりじゃとても運べないし……。多香子か有里さんを起こして助けてもらうって手は……とんでもない誤解を招くような気がするぞ……」

途方に暮れて、その場に座り込んでしまう哲也。夏とはいえ深夜である。夜風がブルッと身にしみる。身体をあたためるにはこれしかないと、残った酒をちびちび飲みはじめた。そのうちに、少しばかり酔いが回ってくる。

「はふー。それにしても、今日はなんて夜なんだよ……。オレってば、日本一不幸な宮司だぜ……」

「不幸なのは、ワタシの方だよ……」

「なんだ京華、目が覚めてたのか？」

「今しがたね……。あ……きれいなお月さん……」

見上げれば、中天には三日月がぽっかりと浮かんでいた。月光の冷たい光が境内を冴え冴えと照らしている。まるで深海の底にいるみたいな雰囲気だ。玉砂利の上に寝そべったままの娘に、哲也は話しかけた。

「京華みたいな女でも、センチになることがあるんだな……」

「守銭奴だって言いたいんだろう。しょうがないさ。ワタシには金以外に信じるものはなにもないんだから……」

「京華にだって、両親はいるんだろう。親は信じられないのか？」

「二年前に、離婚しちまった。ま、それ以前から、冷え切った家族ではあったけど……」

「なにかわけがありそうだな。オレでよかったら聞いてやるぜ。話してみろよ」

「ふん……」

鼻で笑いながらも、京華は語りはじめた。

元々は仲むつまじい夫婦だったが、親父《おやじ》が愛人をつくってから家庭の崩壊がはじまった。京華の方もグレてしまって登校拒否をくり返した挙げ句、友人の宅を寝ぐらにして家には帰ってこなくなった。ある日、生活費がつきてこっそり家に戻ると、両親が離婚話を進めていた。来るものが来たかという感じである。娘の養育権をめぐって言い争いをしているふたりの話に耳をすませる京華。

「笑っちゃうわよ……。その時までまだ、心のどこかであいつらのことを信じてたんだもん……。でも、親父とお袋がワタシを奪い合ってるんじゃなくって、相手に押しつけたがってるってことを知ったときには、全部なくなっちまった。信じるものが……」

「……それで、金か……」

「そうよ、悪いの。金さえありゃあ、なんでもできる。世界中旅して回ることだって」

「世界を旅して、どうするんだよ？」

「もっといい人間の住んでる、もっといい国を探すさ……。でもって、ワタシのことを一生愛してくれる男を探す……」

立ちあがると、京華は巫子の服を拾いあげた。まだ少しばかりフラつく足取りで、本殿にむかって歩きだす。

「おいおい、大丈夫か？」

「平気よ。それよりも、今夜のことは内緒にしてよね。多香子なんかに知られたら、バカにされちゃう。それだけは死んでもイヤだから……」

「言うわけないだろ。オレだって、酒を隠してたのがバレちゃうんだから」

「そうよね」

と、京華が笑った。

＊

土曜日。全員が楽しみにしていた。花火大会の夜が来た。

多香子と亜実と凛は無条件で大はしゃぎ、有里さんもつつましやかながら喜んでいる。

舞奈はなにやら別の期待に胸をふくらませている様子だが、この子のことはよく判らない。京華ですら、シラけた顔を装《よそお》っている裏に、そわそわした様子がうかがえる。

「よーし。最初はドラゴンからだ。火をつけるぞっ」

シューッ！　と、火炎の噴水が舞いあがる。多香子が文句を言った。

「――アチ、アチ、アチチッ！　いきなりやんなっ。危ないだろ、バカ宮司！」

「いいわよ。今日は無礼講だし、ちょっとばかり袴《はかま》が焦げたって、しょせんは神社の備品だもんね。――ほらほら、さっさとこいつにも火をつけてよ」

なんのことはない。始まってみれば、一番はしゃいでいるのが京華である。

別の意味ではあるが、気合いが入っている点では舞奈がさらに上だった。線香花火のはじける炎にピピピって、なにかを語りかけている最中だ。

食べたらどんな味がするだろうと、哲学的にも炎の中に味覚を連想する凛。その横で、少女の頃にもどっている様子の有里さん。多香子は祖父が生きているときの思い出に耽《ふけ》っているようでしんみりと口数が少ないが、それはそれで楽しんでいるみたいだ。一方、亜実の方は――。

「あれれ、亜実はどこに行ったんだ……？」

――いたいた。どこから持ちだしてきたのか、両手に持ちきれないほどの花火の束を抱えて、こちらにとことこ歩いてくる。

「別の場所に保管してあったの、思いだしたんですぅ～。この際だから、景気よくみんな使ってしまいましょう～」

上機嫌な声を出したとたん、なにかにつまずいて手がすべった。地面に落ちた花火の束に誰かが火をつけたネズミ花火が走り寄る。次の瞬間――。

――ちゅどん！　ちゅどーん！　どどどーん！　ボンボン！　しゅわーっ！　ズドン！　ズッドン！　ドドドーン！　ドンポン！　ぱちぱち！　ずっどーん！

爆裂玉が炸裂《さくれつ》し、ロケット花火が舞いあがり、ＵＦＯが飛び交い、落下傘花火のパラシュートが降りてきて、噴水花火が反動でところかまわず走り回る。これに巫子たちの悲鳴がまじって、周囲は阿鼻叫喚の修羅場になってしまった。普段はおとなしい有甲が両足をばたばたさせているのは、バレーの腕前を披露しているわけではない。服についた火を払い落とそうと必死なのだ。多香子の指さす先で導火線の炎が走っていた。一直線にむかっているその先には、不気味な色をした人間の頭部サイズの球体がころがっている。

「――ひえええぇぇぇぇーっ！　これって、花火職人御用達《ごようたし》の尺玉よっ！」

ズドドドドドドォォォォォォーン！　……………。

＊

「また、景気よくやったものよねぇ……」

周囲を見回しながら、呆然《ぼうぜん》とした顔で京華がつぶやいた。その後ろでは「すみません。すみません」と詫びまくる亜実を多香子と有里がなだめている。四人とも服はコゲあとと裂け目でズタボロ。身体に火傷《やけど》が少ないのは、ゆったりした巫子の衣装が炎を防いでくれたからだが、いずれも体力を使い果たし、まるで戦災孤児みたいな顔をしている。

ぺたん——と、京華がその場に座り込んだ。玉砂利の上にしゃがんだまま夜空を見上げると、満点の星々が素知らぬ顔でまたたいているのが目に映る。

「——あは、あはは……あははははははっ——」

と、京華の笑い声が響いた。その直後、つられて全員が狂ったように笑いはじめた。

「あはっ。あはっ。あは、ははははっ。あはははははーっ！　……く、苦しい。誰か止めてよぉ……。あはははははははは……」

巫子たちの笑い声がいつまでもいつまでも、境内に響き渡っていた。

＊

「予定と結末は大きく異なったけど、とりあえず、巫子たちのストレスは発散させられたみたいだから、良しとするか……」

後かたづけをして宮司部屋に戻ると、哲也は焼けあとのついた衣装を脱いで布団の中にもぐり込んだ。花火にさんざん追いかけまわされたおかげで、寝間着を着る気にもなれないくらいの疲労感がある。天井についた蛍光灯のスイッチを切るとほぼ同時に、すみやかな眠りの中にいざなわれていった。

——ちゅく……。ちゅば、ちゅば……ちゅく……。

(……あれ……なんか、いい感じ……)

——れろ……。れろ、れろ、れろ、れろれろ……。

(もしかしたら、夢の中でちん○んをしゃぶられてるみたいだな……オレ……)

——れろ、れろ、れろれろ……れろ……。

(すっ、すごい舌使い……。それにしても、唐突なこの展開は、なんなんだ……)

意識の中に、目にも神々しい美女の裸体が浮かびあがってくる。どうやら、神様のお仲間らしい。その証拠に、後光が差していた。哲也のペニスから、女神が口を離した。

『うふふふふ……。かわいらしい坊や。私は弁才天よ。一生懸命、神宮を盛りたてようとするけなげさに打たれて、夢に出てきてあげたの』

『べ、弁天様といえば七福神のひとりじゃないか。しかも、技芸の女神だもんな。舌使いがうまいのも当然だ……』

『舌だけじゃないわよぉ。こちらのお味も絶妙よぉ〜。ほらほら遠慮はいらないわ。とくと味わってごらんなさい』

そう言うと、哲也にお尻《しり》をむけて、気前よく股《また》を開いてみせる弁才天。

たとえ夢の中でも、神職にある者が神様相手にスケベをしたらバチが当たるのではないかとも考えてみたが、こういうのはヤッたもん勝ちだという説もある。哲也は迷うことなく後者を取った。弁才天のれろれろ口撃《こうげき》に理性が飛んだといった方が正解かもしれない。

『——べっ、弁天様っ！　あなたの後ろからズボーッとヤラせてくれるんなら、明日より風間神社のご神体を弁天様に替えます。今まで祀《まつ》ってた神様なんて参道前のドブの中にポイしちゃいますから。——いきますよっ！』

その場に弁才天を押し倒すと、バックから挿入する哲也。

『だっ、ダメですっ！　前からならともかく、アヌスは

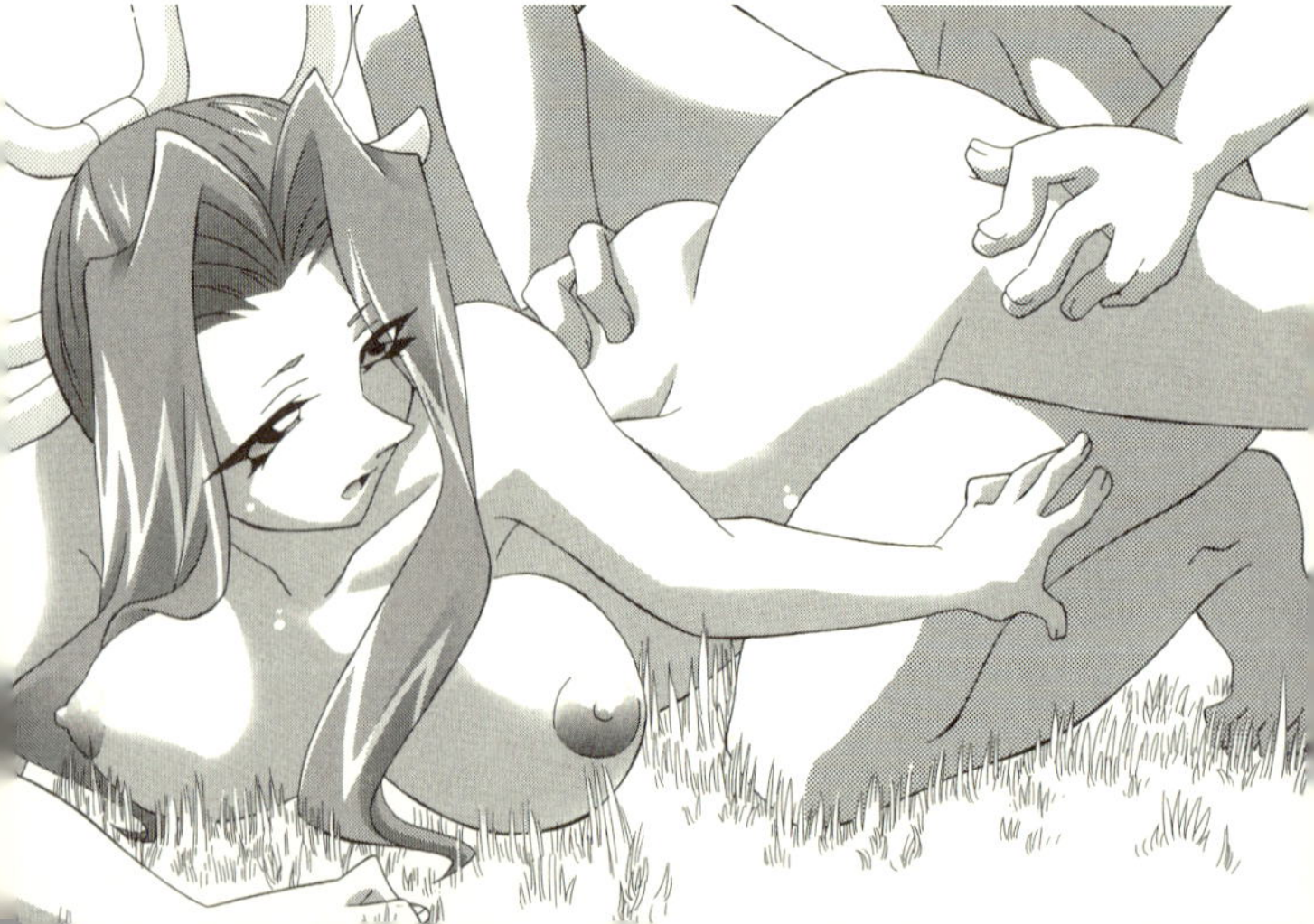

ダメっ！　いくら宮司とはいえ、神族に対するこのような無礼、許しませんよ。——ああっ！　こっ、こらっ！　ダメだってば……』

『もう、遅せえよ。へっへっへっへっ……。神様だろうがなんだろうが、犯《や》っちまえばこっちのもんだ。ほーれほれ、下のお口は正直なもんだぜ。ぐちょぐちょに濡《ぬ》れていやがる。——弁才天の元はヒンドゥー教の神様サラスバティーでよ、その意味は（水を有するもの）だもんな。水の神様が濡れるのは当たり前ってか。へっへっへっ……』

『かっ、神に対する重ねがさねの無礼、神罰が下りますぞ！』

『おやおや。弁天様はまだ、自分の置かれた状況が判ってないらしいな。ほーれほれ。こうされると、どんな感じがするかなぁー？』

『あっ、あなたという人は、なんてひどいことを——』

『うるせえっ！　弁天だろうがなんだろうが、素っ裸でオレの夢の中に出てきたあんたが悪いんだよ。覚悟しやがれっ！』

その時、別の声が布団の中から聞こえてきた。

「——しかし、あんたも鬼畜だよなぁ。たとえ夢ン中でも、宮司が神様を手込めにしちまっていいのかしら」

「——へ……。——あーっ！　きょきょきょっ！　京華ーっ！　なにしてんだっ！　オレの部屋でっ！」

「見りゃ判るでしょ。夜這いに来てやったのさ」

哲也の股の間から顔を起こしてみせる京華。よお。と、挨拶《あいさつ》してから説明する。

「他の巫子たちは、花火騒動の疲れであっさり寝込んじまったから、チャンスだと思って抜けだし、宮司部屋の布団の中にもぐり込んだわけ。そしたら、哲也が下着一枚で寝てるじゃない。てっきりワタシを待ってたんだと、パンツ脱がせて尺八をはじめてやったのよ。そのうちに寝言をいいだしたんで、弁天様のフリして合わせてやったら、いやもう面白いのなんの——」

「夜這いってのは普通、男が女にするもんだぞ。それに、どうしてお前がオレに夜這いをかけるんだっ！」

「決まってるじゃない。あんたのことが気に入ったからさ」

その一言で、哲也の両目が点になった。

「お前なぁ……オレのことをドケチ宮司とか、さんざん言ってなかったか？」

「そういや、そんなこともあったかしら。給料を上げてくれたら取り消してやってもいいわよ。夜の奉仕代って名目にしちゃどうだろ？」

「そうだな……。社《やしろ》の帳簿に、フェラチオ料とでも書いて——アホかーっ！　氏子連中に叩きだされるわっ！」

ボケにつっこみを返すと、京華が拍手した。あらたまった顔で、哲也が問いただす。

「だいたい。なんでそんなに金がいるんだよ。外国旅行ぐらい、円高の今ならそれほど苦労しなくたって貯められるぜ」

京華はうつむいた。ちょっと肩をすくめてから、

「そこんとこだけどさ、少しばかり予定が変わっちゃったのよね。世界を旅して回るのも、ひとりぼっちじゃつまらないかなって、思いはじめて……」

小声でそれだけ言うと、その場に正座する京華。思わず哲也も姿勢をあらためてしまう。とはいっても、京華の方は巫子姿なのに、こちらは素っ裸なのでサマにはならないが。

「哲也や巫子たちといっしょに暮らしていたら、意地張って生きてくのが、なんだかつまんなくなっちゃった。ひとりぼっちより、みんなといっしょの方が楽しそうだし……」

「この神社にいればいいじゃないか。夏祭りが終わっても」

「そうはいかないわよ。哲也や多香子たちは、風間神社の中に自分の生活やしたいことがあるでしょ。でも、ワタシはそうじゃないから」

「したいことって、世界旅行か？」

「まあね……。要するに、自分ってものを探しだしたいのよ」

「それって、ひとり旅でなくてもできるんだろ。たとえばオレとか……」

京華は笑った。心なしか、少し寂しそうだ。

「哲也はダメよ。多香子や亜実がいるもの。あのふたりからあんたを取ったら、ワタシの

クソ親父と同じになっちゃうよ」

「それじゃ、どうしてこの部屋に来たのさ。オレになにをして欲しいんだ？」

「旅に出るんだったら。身軽な方がいいでしょう」

と、京華が突然、話題を変える。

「そりゃあそうだけど……。それとオレのとこに来たことと、どういう関係があるんだ？」

「重たいのよね。今、ワタシが持ってるもの……」

「重たいって、なにがだよ？」

「……バージン……」

*

心の裡《うち》で求めていて見つからなかったものが、目の前にあったと気づいたときの驚き。しかし、それを手に入れようとすれば、自分が味わった苦痛と憎しみを別の女性に与えてしまうだけだと知ったときの悲しみ。そのふたつの想いを同時に、京華は感じていた。せつなさに堪えられる自信はない。でも、多香子や亜実から哲也を奪ってしまうことは、自分自身を裏切ることを意味する。だから夏祭りが終わったら、自分はこの神社を出ていくつもりでいる。——そこまで話し終えてから、京華は不安そうな顔をした。

「ワタシのこと、嫌いなの？　生意気な女だって思ってるでしょう」

「そんなことないさ。京華はかわいい女だよ」

「嘘《うそ》ばっかり……」

「嘘じゃないってば、そんな風に他人《ひと》の意見にいちいちさからうから、生意気だって思われるんだぞ」

「そうね……。ワタシももっと素直な女にならなくちゃ」

「そうさ。もともと京華は、素直でいい娘《こ》なんだから……」

どちらからともなく、ふたりの唇が重ね合わさる。その間にも、哲也の手が京華の身体をまさぐっていた。重なり合うようにして布団の上に倒れ込むと、娘の衣装を脱がしていく。カラーコーディネートされたパンティとブラを剥《は》ぎとり、健康的でほどよく熟れた肢体をあらわにさせる。乳房の大きさは多香子よりも若干大きめ、亜実よりもほんのちょっと小さめかなといったところ。ヒップとのバランスもほどよい感じだ。恥ずかしげに横をむいている頭に手をやれば、手ざわりのいい長い髪がさらさらと指の間を流れ落ちる。その指先に、ふと湿り気を感じた。

「涙……？　泣いているのか、京華……」

「ばーか。ワタシが泣くわけないでしょ」

「そうだよな。お前は強い女だもんな……」

どこまでも意地っ張りの少女に、かえって愛らしさを感じてしまう。変に物わかりがよくなるくらいなら、京華は京華のままでいた方がいい……。

屈《かが》みこむと、哲也は彼女のふくらはぎにキスをした。——どうしてそんなところにするんだよ、という疑問の眼差しを、京華が返す。

「お前の身体を味わいたいんだよ。隅から隅まで、全部な」

「やっぱり変態宮司だと思うよ、あんた……」

京華が苦笑いした。言葉で反発し合いながら、心と身体が合わさっていくのが奇妙でもあり、その逆に、俺たちらしいよな、なんて思ってもしまう哲也だ。

——ちゅっ、ちゅっ、ちゅっ、ちゅっ……。

足の裏を舐《な》め、膝小僧《ひざ》にキスをし、太腿《ふともも》を味わいながら上半身にむかっていく。おへそと胸をレロレロしたけれど、京華はさど反応を示さない。ちょっとくすぐったそうな顔をしただけだ。もしかしたら、冷感症なのだろうか……。

（いや、そうじゃない。きっと、思ってもみなかったところに感じる部分があるんだ）

哲也は推理してみた。彼女が風間神社に来て二、三日後のことだったが、小用があって奥の間を開けたことがある。その時、折り悪く中で京華が脇毛の手入れをしていて、大騒ぎになってしまった。平謝りに謝って事なきをえたが、今から考えれば、あれってプライベートな部分をのぞかれたことに対する怒りばかりじゃないような気もする……。

ダメでもともとと、舌の先を乳首から脇の下に移す。そのとたん、京華が反応を示した。

「——だっ、ダメっ！　そこだけは弱いんだってば……」

にまぁ～と、哲也が笑う。芝居がかった声で、

「へっへっへっ。見つけたぞぉー。こうなったら、もうこっちのもんだ。今までさんざんコケにしてくれたお礼をさせてもらうぜ」

なんて、柄にもない悪役を演じてみたりする。一方京華の方は、くすぐったさとせつなさに堪えきれなくなり、身体を横にずらせて逃れようとしていた。しかし、男の方が腕力は強い。そのうちに変な感じがしてきて全身に力が入らなくなってしまう。京華は抗議の声をあげた。

「ひ……人の身体をオモチャにしないでよ……ダメだってば、このバカ宮司の変態宮司……そっ、それ以上したら、許さないんだから……」

「イヤよイヤよも好きのうちってか。ほれほれ、あきらめてオレの女になっちまいな」

「だっ、誰があんたなんかにイカされるもんですか。——あっ、いやっ！　それだけはやめてっ！」

脇の下を責められながら乳首を愛撫《あいぶ》される京華。コンビネーション攻撃に、眠っていた性感帯が目を覚ましたようだ。

「——あっ！　あん……ああん……ひっ、人でなし……弱いところばっかり責めて……」

抗《あらが》う顔つきが、マジになってくる。最後まで強情っぱりでいたいらしい。そんな京華だからこそ、責め落とすことに意義を感じたりするのだが。

「乳首の性感帯が起動をはじめたってことは、下の方も同調《シンクロ》してるってことかな……」

「しっ、下の方って……やだっ！　そんなところに手を入れるなっ。このエロ宮司！」

「――ビンゴっ！　もう、ぐっちょぐちょだぜ、お前の身体。大洪水もいーとこ」

「嘘、ウソっ！　変なこと言って、人をたぶらかさないでよっ！」

「ウソじゃないもんね。オレの指の先を見てみろよ。ラブジュースのとろーっとした感じ、判るだろ。おいしそうだから、舐めちゃお」

舌を突きだして、哲也が実演してみせる。京華が露骨に顔をそむけた。

「正真正銘のド変態宮司だぁ～」

「なに言ってんだよ。そのド変態にバージンやるって言ったの、お前だろうが」

「ぜっ、前言撤回するわよっ！」

身体をよじって逃れようとする京華、一瞬哲也の手がすべってうつぶせになることに成功する。四つんばいになって起きあがろうとしたところを、バックから男が覆いかぶさってきた。両手で腰をがっちりとつかまれて、身動きがとれなくなる。

「――なっ、なにする気よっ！　ま、まさか、後ろから挿入《いれ》ようっていうんじゃないでしょうね」

「お前みたいな強情女には、正常位よりもワンワンファックの方がお似合いだからな。だけど安心しな。犯すのはケツの穴じゃなくって、その下にあるバージンをちゃんと奪ってやるからよ。ほれほれ、オレのチ○ボの先をあてがわれているのが判るだろ」

「――ひっ……。いっ、イヤよっ！　こんな格好《かっこう》を強いられてなんて、イヤっ！　――だっ、ダメだってばっ！――あっ！　ああっ！」

抗議の声が、魂消《たまげ》るそれにとって代わる。バックからグイとばかりに貫かれたからだ。ビクンッ！　と、京華の全身が硬直する。

（い……挿入《いれ》られちゃった……。ワタシ、犯《や》られちゃったんだ……）

「大丈夫か？　一度、抜いた方がいいか、京華？」

アドリブのお芝居を中断して、哲也が問いかけた。イヤイヤの動作で、京華が否定する。

「だ、大丈夫よ……。やめないで、そのまま、中に出し

ちゃって……。ワタシ、今日は安全な日だから……」

「よーし。それじゃ、遠慮なくいくぞっ！」

宣言すると同時に、哲也が腰を使いはじめる。パン、パン、パンッ、と、娘のヒップが音を立てて鳴った。肉と肉とがぶつかり合う衝撃に、京華の乳房がプルンプルンと揺れる。

「──あっ！　あうっ！　あううぅぅぅぅぅぅーっ！　いっ、いいっ！　すごいよぉーっ！　ワタシの中で、哲也のものが暴れ回ってるうううぅぅぅぅぅぅーっ！」

雌《めす》犬さながらの遠吠《とおぼ》えが、夜の神社に響き渡る。あまりの声の大きさにビクリとしてから、哲也は他の巫子たちが花火騒動で疲れきっていたことを思いだした。今夜ばかりはどれほど大きな物音を立てても、起きてこられる心配はない。

「京華ーっ！　お前の一番大切なものをもらうぞーっ！　覚悟しやがれっ！」

ボクサーの連打さながらのピストンの動きが速まる。霞《かすみ》がかる意識の中で、少女は絶頂の時がきたことを覚った。

「──いっ、今よっ！　いく。イクっ！　イクううううううぅぅぅぅぅぅぅぅーっ！」

コンマ数秒遅れて、膣《ちつ》内に溶岩のような液体がほとばしった。目の前が白い閃光《せんこう》でいっぱいになる。遠ざかる意識の中、京華は前のめりに布団の上につっぷしてしまった。

第6章　舞奈

澄みわたった早朝の空の下を歩きながら、哲也は太陽光線の異常を感じていた。

八月に入って最初の火曜日である。白い熱光を放っているはずのお天道様の色が黄色く見えるのは、天文学的な理由ではなさそうだ。

（考えてみれば、このひと月足らずの間に四人もの女とヤッちゃってんだもんな。無理はないか……）

人妻の性欲に目覚めた有里さんとはこってりとした濃厚なセックス。幼なじみの多香子とは友達関係がそのまま移行した感じのフレンドリーラブ。性知識に無知なくせに身体の方は熟れまくりの亜実とは、教師がウブな女生徒に手をだしちゃうみたいな感覚のエッチ。つっぱり娘の京華に対しては、「おいたをした悪い娘《こ》におしおきをするぜ」と双方合意のお芝居セックス……。

「桃源郷」という言葉がぴったりとくる風間神社である。娘たちの間には互いに暗黙の了解みたいなものがあるらしく、トラブルなどもまったく発生していない。多香子と京華に至っては、以前よりも仲がよくなってしまったくらいだ。しかし、相手は四人でこちらはひとり。彼女たちの欲求のスケジュールがかち合うと、昨日のような羽目になったりする。午前、午後と立てつづけのダブルヘッダーをこなした後、深夜、床についた哲也の前に有里が現われて、「今夜は私がお情けをちょうだいしとうございますわ」と三つ指をついて頭を下げたときには、腹上死の予感すら覚えたものだ。それでも、京華、亜実、有里の順にいずれも満足させてあげられたのは、若さゆえの回復力だろう。

（たしか、ミニスーパーの中には薬局もあったはずだ。スタミナドリンクを買い込んでおかなくちゃ……）

というわけで、今日は舞奈と凛をお供にしての買いだし日である。町へと続く小道を歩きながら、哲也は自分に言い聞かせていた。トリプルヘッダーの可能性は少ないとはいえ、対処しておくにこしたことはない。哲也の後ろでは、胃袋から先にこの世に生まれでた娘が早くも口からよだれをたらしていた。言わずとしれた凛のことである。

「チョコレートにたこ焼きパックに広島風お好み焼きにもんじゃ焼きの具、アルミホイールの鍋に入った天ぷらうどん、冷たいアイスクリームにほかほかの肉まんとアンまん……」

ときどき街角で見かけるあぶないお兄さんみたいに、ひとりごとを口に出しながらついてくる。凛だけつれてこないのでは差別みたいになってしまうからと同行させたのだが、今からこのありさまでは、スーパーの食料品売場に入ったときにはどうなるのだろうか……。

肉体的不安に加えて精神的不安。神社の宮司《ぐうじ》も、これでけっこう激務なのだった。

＊

「いいか、質の悪いものは買わないように。あまり高いものは買わないように。買うなら、できるだけボリュームのあるものにするように。――では、各自所定の棚に移動せよ！」

「――ラジャー！」

「……はい……」

覇気において正反対の返事を残し、凛と舞奈が食品売場の中に消えていく。しかし問題は、やる気のある方の娘なのだ。密林で捕獲したばかりのベンガル虎をパレードに参加させているサーカス団団長の心境といったら、今の哲也に近いだろうか。食い気が昂じてパック詰めされた生肉にむさぼりつくとか、子供が持っているお菓子を指ごとしゃぶるとか、そんなことをされる心配ばかりで自分の買い物がまるではかどらない。それぐらいならと、彼は凛の様子を見張ることにした。

「――いたいた……。あれ、けっこう普通に買ってるじゃないか……」

物陰からうかがえば、パック食材を選別して買い物籠に入れている凛。遠目には心配なさそうだが、横を通りすぎる買い物客が歩く足を速めているのが気にかかる。念のためにと近づいてみて、哲也はその理由が判った。

「……ぐふふ……おいしそうな卵……新鮮なハムにお魚の切り身……ぐふふふふふ……しゃぶりつきたくなる……じゅる……牛乳にチーズ……ぐふふふふふふ……それに小間切れにされた、舌のとろけそうな豚肉……じゅるるるるるる……」

(――まっ、マズいっ！　キレる寸前だ。なんとかしなくちゃ)

あわてて返すと、彼女の好きな甘いチョコレートバナナを買い込んで、凛の元に走った。チョコレート菓子を後ろに隠し、さりげない声で話しかける。

「よお、凛。かなりはかどっているようだね」

「はい。ここにあるのはみんな、おいしそうなものばかりですね。ぐふふふ……」

「毎日、よくやってくれているから、特別にご褒美をあげよう。――はい、これっ」

「ち……チョコバナナ……」

買い物籠を下げたまま、ふらふらとこちらに歩いてくる凛。チョコバナナを手にしたまま一定の間隔を維持して、食品売場の外へと誘導する哲也。「ジュラシックパーク」のワンシーンを見るような緊張感の後、凛はチョコバナナを手にした。はむっと一気に三分の二ほどが、口腔《こうこう》の奥に消える。安堵《あんど》の息と共に、哲也もさっき買ったドリンクを口にした。

「凛はほんとうに、食べることが好きなんだなぁ……」

「はい。とってもおいしいです。ありがとうございます」

チョコバナナを頬張《ほおば》っていると、話し方までまともになってくる。

(それにしても不思議なのは、これほどの食いっぷりのよさでありながらコニシキ体型になっていないことだよな……)

凛の身体に栄養が行き渡っていることはいうまでもない。ヒップは八十センチ後半の悩殺レベルだし、バストサイズは九十五センチを優に越えて圧巻の一語だ。しかもウエストは六十そこそこと理想的である。異常な食欲による性格的な問題さえなければ、ナイスボディの点では全巫子たちの中で最強といえるだろう。普通の女の子に戻った凜を眺めているうちに、哲也は股間《こかん》のものがむくむくと元気を取りもどしてくるのを感じていた。

（い、いくらオレのジュニアが元気だといっても、連チャンの次の日にこれってのは、ちょっと異常じゃないのか……？）

不審に思って飲んでいたドリンクを調べてみれば、スタミナはスタミナでもアッチの方専用の超強力精力剤で、バイアグラ効果が得られる漢方の秘薬から作られたというとんでもない代物だった。「一番高い奴をくれ」といったらこれを渡されたのだが、やけにケバケバしいパッケージに一瞬、ウサン臭さを感じた記憶がある。

「──なっ、なんでこんなもんを、スーパーの薬局で売ってるんだっ！」

わめき散らしても、もう遅い。股の間にズシーンという衝撃がきて、チ○ボの容積が五倍以上に膨れあがる。それと共に、哲也の頭上に白雲が湧きおこり、中から悪魔の姿をした二等身半キャラが生まれでた。心理描写キャラが、哲也にささやきかけてくる。

『こんないい女を、ほっとく手はないぜ。ズボッと犯《や》っちまえよ。なーに、方法は簡単だ。好きなものを食わせてやるから一発させろと命令すれば、それでオッケーさ』

（しっ、しかし、こんなところでいきなり始めるのは、ちょっとマズいんじゃ……）

『手前《てめえ》はバカかっ！　誰がいますぐここで犯れといった。今は食い物を与えて、ご機嫌をとっとくんだよ。神社に戻れば、チャンスはいくらでもあるだろうが』

哲也の脳裏がピンク色の妄想に包まれる。――他の巫子たちがいない隙を狙《ねら》って、宮司部屋にでもつれ込んでしまえば、あとは簡単だ。チョコバナナのひとつもあてがって口をふさいでおけば、食いしん坊の凛には猿ぐつわ代わりにもなる。

＊

深夜の風間神社、宮司の部屋である。他の巫子たちは凛がお風呂に入っていると思いこんでいるはずだ。哲也は舌なめずりをしながら、やってきた獲物に襲いかかった。

「へっへっへっ……。ここまで来て今さらイヤは聞けねえぜ。上のお口でさんざんうまいものを味わったんだ。今度は下のお口で、もっと美味《おい》しいものを咥えさせてやる。オレを恨むんじゃねえぞ。男に挿入てくださいと言わんばかりの身体をしてる、お前が悪いんだからな」

などと言いながら凛の袴を脱がし、その下からパンティを剥《は》ぎ取っていく哲也。チョコバナナを口にしたままの少女に、バックからグイとばかりに突き入れる。

（いっ、痛い。痛いよぉーっ！　おっ、お母さーん！）

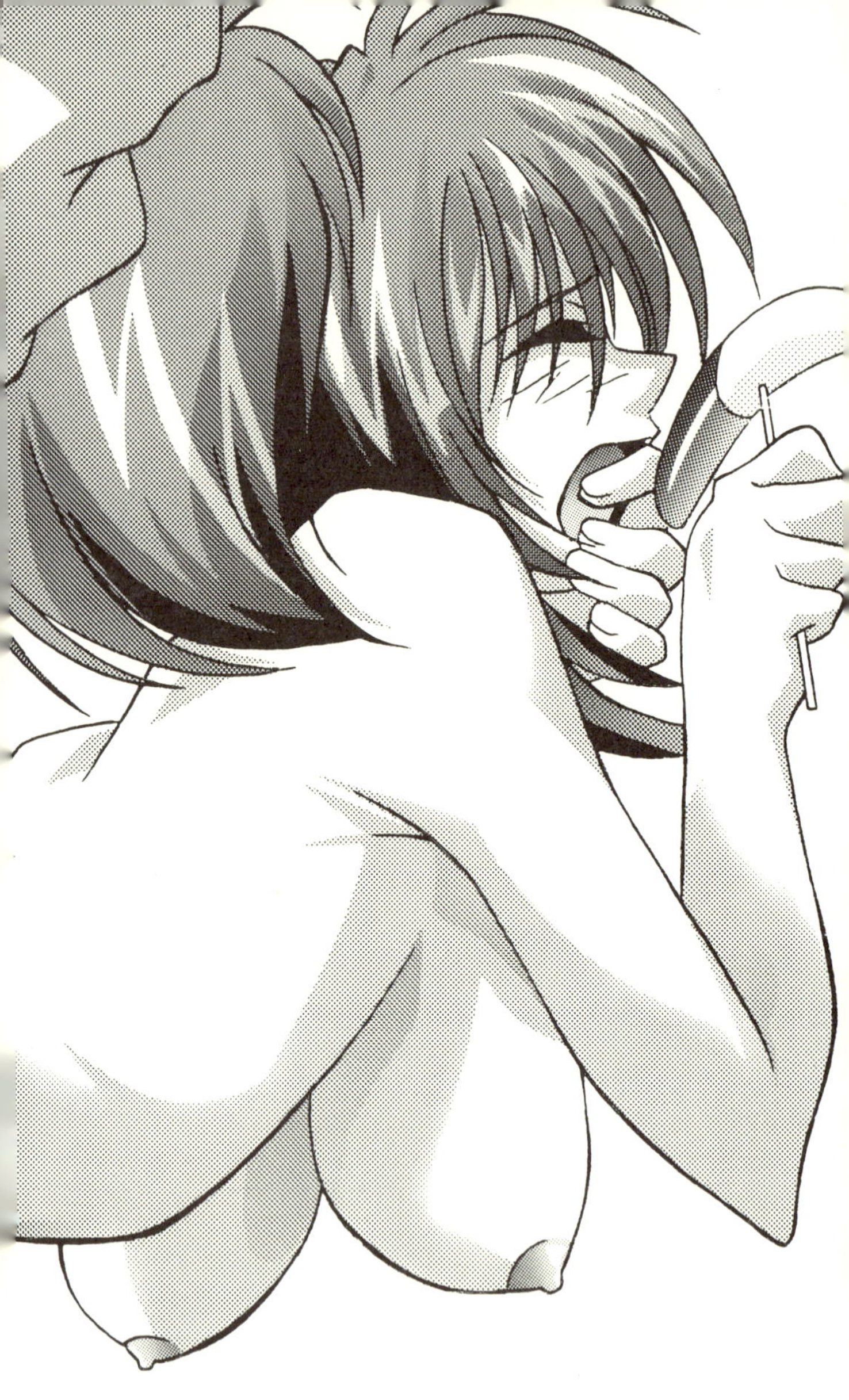

凛は悲鳴をあげようとするが、食べもので口の中をいっぱいにされてしまっているので、それはできない。蜜壺《みつつぼ》の中をさんざんかき回されてから、バージンを奪われてしまう。

「――ひっ、ひどい……。わたしがいったい、なにをしたというの……」

陵辱《りょうじょく》された姿のままで、凛が泣きじゃくる。その髪を哲也がつかんで、グイと顔をあげさせた。

「手前のその食い意地が、すべての元凶なんだよ。まだ判らねえのなら、今度は上の口にこいつを咥えさせてやろうか」

と、フェラチオを強要する哲也。鼻をつままれて抵抗力を奪われた凛の口の中に、生臭い臭いをした肉のくさびが打ち込まれる。

「……うぐ……うぐっ！　うぐぐぐぐぐーっ！」

「――すっ、すげえじゃねえか。ポンプみたいに、オレのものを吸い込みやがる。さすがに食欲旺盛《おうせい》なだけのことはあるぜっ。おらおら、手を抜くんじゃねえ。もっとしっかり喉《のど》の筋肉を使うんだよっ！」

命令しながら、ピシャピシャと凛の頬《ほお》を叩《たた》く哲也。その直後、堪《こら》えられなくなった凛が哲也のイチモツにガブリと歯を立てた。

「いっ、痛てぇぇぇーっ！」

と、哲也が絶叫した。

＊

——パコーン！

「いっ、痛てえーっ！」

その痛みは、現実のものだった。ただし、股間にではない、誰かがいきなり後頭部に、なにか硬いもので殴りつけてきたのだ。涙目になりながら、後ろを見る哲也。

「——ま、舞奈……なのか……？」

折れた大根を手に持ったまま、巫子たちの中で一番年少の娘が佇《たたず》んでいた。後ろから哲也の頭を殴りつけてきたのは、やはり舞奈である。彼が疑問符を浮かべたのは、その行為が、今までの少女からはおよそ考えられないものだったからだ。

「……哲也さんの、バカ……」

それだけ言い、少女がふり返ってスタスタ歩きはじめる。いつものぽえぽえとした歩き方とはまるでちがう足取りだ。

哲也は立ちすくんだままだった。怒りで顔を赤く染め、彼を睨《ね》めつけていた少女に驚いていたのだ。これほどの感情を舞奈が面《おもて》に表すのも、かつてなかったことだった。

「ま、待て。待ってくれよ舞奈」

叫びながら、哲也があわてて後を追いかける。自分が彼女になにかしたつもりはない。しかし舞奈の態度から、ここで修復しておかないと、ふたりの間に絶望的なヒビが入ってしまうことを直感していた。

少女の背に、追いついた。細い肩をつかんで立ち止まらせ、強引にこちらを振りむかせる。見上げる瞳に、涙が光っていた。

「いったい、どうしたっていうんだよ、舞奈。オレがなにをしたんだ！」

「……判らないんですか……」

少女の瞳の中にあった憤りの炎が、熾火のような色に変わる。数秒後、いつも見慣れた舞奈が目の前に佇んでいた。本でも読んでいるような口調で、彼女は言った。

「……私の方はもう、必要なものは買い込みました。哲也さんたちはどうですか……」

「あ、ああ……。オレも凛も、さっき出てくるときに会計はすませたから……」

「……早く神社に戻りましょう。夏祭りまで、あと四日間しかありませんから……」

「そ、そうだな……」

舞奈の中にある怒りが、まだ解けていないという思いがある。神社への道すがらも、哲也は考え込んでいた。

（舞奈はオレを、独占しようとするような娘ではない。オレと有里さんや多香子たちとの関係だって、薄々であれ気づいているはずだもの……。だとしたら、なぜ今度だけ、あんなに怒りだしたんだ。だいたい、他の娘とは本番エッチまでしちゃったのに、凛の時は想像しただけなんだぞ。ちょっと心の中で、凛を犯してみただけじゃないか……？）

唐突に、哲也はその答えに気づいた。先を歩く舞奈の前に走り寄ると、少女の足を止めてからペコリと頭を下げる。

「ごめん、舞奈。オレが悪かったよ。オレって、なんてさもしい奴なんだろう。たとえ想像でも、凛にあんなひどいことをするなんて……」

「……判ってもらえましたか……」

哲也に微笑《ほほえ》みかえす舞奈の表情は、これもまた今まで彼が見たこともないものだった。道ばたの名もない花が開くときのような、純粋であたたかい笑み。彼女は言った。

「……凛さんにも、お詫びしておいてくださいね……」

「うん。もちろんそうするよ」

今度は後ろを歩いていた凛の元にとって返し、また考え込んでしまった。変な空想をしてゴメンなどと謝る人間はいないからだ。とにかく、頭を下げておくことにする。

「はあ……？　でも、わたしに詫びているのなら、見返りを要求してもいいですよね」

「判《わか》ったわかった。ウインナソーセージ一袋でどうだ？」

「手を打ちますっ！」

と、顔を輝かして答える凛。食い気最優先娘には、この手が一番なのだった。

＊

ばたばたばたばた――。どたん！

「――ふみ～ん」

「亜実か、なにか用なのか？」

「どっ、どうして判りましたぁ～。私だってぇ～？」

判らない方がどうかしているから答えないでいると、亜実が言った。

「形代《かたしろ》作りに使う和紙がなくなって困っていたら、多香子さんが、哲也さんの部屋にあるはずだって教えてくれたものですから」

形代とは、身体についた「穢《けがれ》」や「災い」をそれに移して、水に流してやる人形のことである。厄除けなどに使うものだ。

哲也は棚から和紙の束を出し、少女にさし出した。ペコリと頭を下げてそれを受け取り、歩き去ろうとする亜実。その後ろ姿に、哲也が注意した。

「おいおい。落としもののお守りを忘れてるぞ」

「えっ。お守りってなんですか～？」

答えるかわりに哲也は廊下を指さした。亜実がキョトンとした顔で、それを拾う。

「これ、私のじゃないですよ～」

それじゃ誰のだろうと首をひねっていると、亜実がまた、不思議そうな顔をした。

「でも、変ですねぇ。今しがた私が頭を下げたときには、見えなかったのに～」

「よく見なかったか、見ても気がつかなかったんだろう。お前のことだから」

「そんなことないですぅ～。白木造りの廊下に紺色のお守りが落ちていたら、いくら私だって目にとまりますよ。それに、なんで私がよその神社のお守りを持っていないといけないんですか～」

言われてみればそのお守りは、見覚えのない紺色の掌《てのひら》サイズだった。風間神社のお守りは赤と金の茶巾型だし、こんなに平べったくはない。亜実の言うとおり、別の神社のお守りらしい。

(それにしても、やけに古いな。こんなお守りの持ち主となると、よほどの年輩者か……)

そうなると今度は、誰が落としたのかという別の疑問が出てくる。哲也や巫子たちのものとは考えにくいし、かといって、宮司の部屋の前に一般参拝客が入ってくることはないから、落とすはずもないのだが……。

「――とにかく、私のではありませんから、哲也さんがあずかっていてくださいな」

そう言って亜実は、ぱたぱたぱたと歩いていってしまった。彼女の場合、歩くときにもぱたぱたなのだが、それにしても、いったい誰が落としたのだろう？

「――ま、いいや。そのうち判るだろう」

お守りを懐にしまうと、哲也は歩きだした。巫子たちの働きぶりを観察するためである。

＊

「えーっ！　こんな木の枝が五千円っ！　五千円もするのーっ！」

社務所では、京華と多香子と亜実それに凛の四人が、お札や形代や玉串といった神社アイテムの制作にいそしんでいた。その玉串を手に、素《す》っ頓狂《とんきょう》な声をあげたのは京華である。

お祓いの料金が込みであることを多香子が説明しても、彼女のたまげた表情は変わらなかった。深いため息をつきながら、ボソリとつぶやく。

「はぁー。ワタシがドジだったわ……。神社の宮司がこんなにボロ儲けできる商売だと判っていたら、あの時、哲也に――」

「哲也に、なんなの？」

と、さりげない口調で多香子が質問を入れる。京華があわてて両手をふった。

「いやだから……。脇毛剃《そ》りをのぞかれたとき、いくらかでも請求していればと……。そっ、それだけのことよ。あはははははは……」

露骨に疑惑の眼差しをむける多香子。これ以上ここにいると、とばっちりが飛んでこないとも限らない、そそくさと彼は社務所をあとにした。

前庭では有里さんがひとりで掃き掃除をしていた。夏祭り用の神社アイテム制作が佳境に入り、お掃除ローテーションはコンビからひとりに変えられていた。幸い、今日は日差しもあまり強くなく、日射病の心配はなさそうだ。哲也は最後に、舞奈の様子を見ることにした。

＊

本殿の拭《ふ》き掃除になると、ほうきの先による特殊能力は発揮できない。さすがの舞奈も自分の体力を使う他はなさそうだった。小さな身体をめいっぱい動かして、本殿の床を拭いている。とことことことこーっ、と右から左に走り去っていく音が耳に心地よい。

――とことことことこーっ！　――キョロキョロ――とことことことこーっ！

（――ん。なんだ？　とことことこの間に入る、キョロキョロという擬音は……？）

疑問を感じて舞奈の動作を観察する。雑巾を手に走りながら、時おり首を左右にふるのだ。どうやら、なにかを探しているらしかった。

「おーい、舞奈。そんなにキョロキョロしながら走ると危ないぞ。――ほらっ！　バケツが目の前に――」

あるから気をつけろと言いたかったのだが、遅かった。——バッシャーン！　という小気味のいい音と共に、頭から水をかぶってしまう。哲也が走り寄った。

「あーあ、やっちまったか……。ほら、手を出せよ。社務所までつれていってやるから」

「……すみません……。でも大丈夫です。多香子さんに頼んで着替えの衣装を出してもらいますから……」

ひとりでできるからと答える舞奈だが、その表情がこころなしか重い。哲也は尋ねた。

「なにか探してたみたいだったな。無くしものでもしたのか？」

「……おばあちゃんからもらった、大切なお守りなんです。これぐらいの大きさの……」

と、両手でだいたいのサイズを示してみせる。舞奈の祖母は彼女以上の能力の持ち主だったと聞かされたことを、哲也は思いだしていた。それほどの人物が念を込めたお守りなら、彼女が大切にするはずである。

「——まてよ。お守りだったら、さっき拾ったぞ。これじゃないのか？」

懐からそれを出してみせると、舞奈の顔色がパッと明るくなった。受け取ったそれを頬ずりせんばかりにして喜んでいる。

「……ありがとうございます。哲也さんも、強い能力《ちから》があるんですね……」

「そんなことはないよ。たまたま拾っただけさ」

「……いいえ。この子が言っています。あなたに拾ってもらえれば、私のところに帰ってこれると判っていたって……」

哲也は沈黙した。先ほど、止まるべき亜実の目にふれなかったことを思いだしたからだ。

我に返ると、ぐしょ濡《ぬ》れのままうれしそうにしている舞奈の背中に手をやる。

「オレの能力のことはさておいて、舞奈は早く服を着替えないといけないな。ちょうど宮司部屋に戻るところだから、いっしょに行ってやるよ」

そう言いながら見おろしたとき、舞奈の胸元に目がいった。濡れた衣装を通して、白い下着の線が目に映る。一瞬クラクラッとなってから、彼は自己反省した。

(どっ、どうしたってんだよ。オレは、こんな年端もいかない少女に、欲情しちまうなんて……)

小さな声で、舞奈が抗議した。

「……私、まだ少女かもしれませんけれど、年端もいかないということはないです……」

＊

「ひえええええええぇぇぇぇぇぇぇぇぇぇーっ！」

「でででででででででーっ！　出たあああああぁぁぁぁぁーっ！」

深夜にも関わらず、騒々しい人間はいるものだ。その夜の騒ぎの主は、亜実と凛だった。

サイレンさながらの大声をあげながら宮司部屋に直行すると、寝間着のままの哲也にしがみつく。カチカチと歯を鳴らして、悲鳴にカスタネットの伴奏をつける。

「……ふわぁ……なんだっていうんだよ……まだ午前二時なのに……」

哲也は大あくびをしながら、顔をこわばらせているふたりの少女を眺めた。夏祭りまであと二日しかないというのに、はた迷惑もいいところだ。

「まあ……どうなさいましたの。おふたりそろって、青い顔をされて……？」

ネグリジェ姿の肩に巫子装束をかけて奥の間から出てきたのは、有里だった。その後から京華と多香子が、それぞれ寝ぼけ眼をこすりながら現れる。哲也はふたりに尋ねた。

「そういや、出たって言ってたな。こんな夜中に、いったいなにを見たっていうんだ？」

「ゆっ、幽霊ですっ！　おっ、おかしな音がするんで厠《かわや》の窓から外を見たら、白い影が裏庭をすーっと横に動いて……」

その直後、哲也の後ろでドタリと音がした。ふり返れば有里が倒れている。お嬢様系のキャラクターにふさわしく、幽霊が大の苦手だったらしい。失神した彼女を抱き起こす多香子と京華の顔色も、蒼白《そうはく》になっている。ことのあらましを、亜実が説明した。

「さ、最近、町で痴漢騒ぎがあったから……夜起きたらトイレに行くのが恐くなって……それで、凛さんにつきそいを頼んだんです。そっ、そうしたら窓の外に……」

「わたしも見たんですっ。廊下に立っていたら、厠のむこうに白い影が動くのを……」

亜実ひとりなら錯覚ということも考えられるが、凛もいっしょに見たとなると、本当になにかがいたと考えるべきだろう。信頼感と期待を色濃くにじませた少女たちの視線に、哲也は自分が調べに行くしかないことを覚った。

「でも。万一、相手が賽銭泥棒の暴漢とかだった場合、オレひとりじゃ心もとないな。――できたら多香子にも――」

「――ゆっ、有里さん、大丈夫ですかっ！　気をたしかにして。――これはダメだわ。早く奥の間に寝かせてあげて、つ、つ、つきっきりで看病しないと……」

「――そうか……。じゃ、京華に――」

「た、多香子ひとりじゃ心配よね。ワタシも看《み》ていてあげることにするっ！」

きっぱりと断言したものだ。亜実と凛に助力を頼むのは論外だ。仕方なく、哲也はひとりで行くことにした。

＊

「まてよ……。なにかひとつ、大切なことを忘れていたような気がするなぁ……」

厠のむこう側に歩きながら、哲也は首をかしげていた。幽霊に対する恐怖感もさりながら、ど忘れしているはずの「なにか」に、妙に心がひっかかっている。

裏庭から森の中に入ると同時に、それが現われた。白いものがすーっと、大木の幹の影に隠れるように消えたのだ。懐中電灯を握りしめ、哲也はその方角にむかった。

ふたたび小さな影が、青白い月光の下に浮かびでた。もしも人影とするならば、普通の大人《おとな》よりもだいぶ小柄だ。巫子のサイズに例えるなら、ちょうど舞奈ぐらいの……。

そこまで考えて、哲也は心の端《はし》に引っかかっていたのがなんであるかに気づいた。幽霊騒ぎが発生したとき、舞奈が部屋から出てこなかったのだ。——ということは、幽霊の正体は……。

「おーい。舞奈ぁー」

「……はい。なんでしょうか……」

呼びかけると、普段と同じような返事が返ってきた。その場にしゃがみ込みたくなり、哲也はそうした。ほたほたと、舞奈がこちらに歩いてくる。彼は問いただした。

「なにをしてたんだ。こんな深夜に、森の奥で？」

「……穴を掘っていました……」

「あな……？」

見れば、神社の物置から持ちだしたのだろうが、手に小さなスコップを持っている。毎度のことながら、この娘はよく理解できない。舞奈が答えた。

「……死んだ猫さんを、埋めてあげる穴です……」

「死んだって……？　よく舞奈が『会話』してた、あの野良猫のことか……？」

「……はい……」

暗い森の中なのでそれまでは判らなかったが、舞奈の身体がかすかにふるえているようにも見える。二、三度、頭をかいてから、哲也は口を開いた。

「たしか友達だったたんだよな。あの猫とは……」

「……はい。とてもやさしい猫さんでした……」

「そうか……。野良猫だなんて言って、悪かったな……」

「……いいえ……」

それだけ言うと、少女はふり返って歩きだした。哲也がその後についていく。

＊

楠《くすのき》の根本に隠れるようにして、一匹の猫が横たわっていた。両目を閉じて、死に顔はおだやかだった。スコップを手にふたたび穴を掘りはじめる舞奈の肩に、哲也は手をやった。

「代わってやるよ。男のオレの方が力はあるからな」

「……すみません……」

少女からスコップを受け取ると、哲也は穴を掘りはじめた。五分もすると猫がおさまるくらいの大きさになる。舞奈が猫を抱きあげて穴の中に納めた。ふたりで上から土をかけてから、近くにあったレンガぐらいの大きさの石を墓石代わりに乗せてやる。

手を合わせる少女の横で、哲也もそれにならった。両手を胸の前で合わせるのは仏式なのだが、この際は問わないことにしよう。ふと足元を眺めると、黒い筋のようなものが参道の方角から猫の死体のあった場所にまでついているのが見える。それが血の跡だと判ったとき、少女が口を開いた。

「……夜中になわばりの見回りをしていたとき、参道前の道路で車に跳《は》ねられたんです。傷を癒《いや》せる場所を探してここまで這《は》ってきて、息絶えました……」

「猫が死んでいることに気づいたから、ここまで来てあげたんだね……」

舞奈は首を横にした。自分を責めるような口調に変わる。

「……猫さんから『信号』を受け取ったときには、まだ生きていたんです。でも、私は眠り込んでいたので、知るのが遅れてしまいました。もっと早く気がついて獣医さんのところにつれていってあげたら、助かったかもしれないのに……」

安易に言葉をかけるべきではないと気づいて、哲也は思いとどまった。舞奈の目に光るものが現われ、それが糸となって頬をつたい、地面に落ちる。涙の流れは滂沱《ぼうだ》と止まらず、やがて少女の喉から静かに、嗚咽《おえつ》の声がもれはじめた。その小さな身体を、哲也は抱きしめた。

「女は男とちがって、泣きたいときには泣いてもいいいんだ。舞奈の気がすむまでこうしていてやるから。泣きたいだけ泣いてしまえよ……」

全身をふるわせながら、少女は泣きつづけた。長い時のあと、舞奈はかろうじて聞こえるほどの声で尋ねた。

「……男の人は泣きたいときにはどうするのですか……」

「声を殺して泣くのさ。誰にも見られていないところで、こっそりと……」

「……哲也さんにも泣きたいときがあったのですか……」

「ああ。一度だけな……」

「もしも……舞奈が死んだら、哲也さんは泣いてくれますか……」

どういう意味だろうと、彼は思った。単なるたとえ話なのだろうか。それとも……。

少女がつぶやいた。

「……あと半年なのです。私の命は……」

＊

祭り当日。夜ともなれば、風間神社ははなやかさと喧噪に包まれていた。

ぼんぼりの灯がともされ、祓串《はらいぐし》がふられ、仮設したスピーカーからは祭囃子《まつりばやし》が流されて、景気づけの声をあげる露店商の前を親子連れの参拝者たちが通りすぎていく。

土曜日、初日の人出は午前中こそまばらだったものの、午後になってにぎやかさを増し、夕暮れあたりから本殿前はおろか参道まで人で埋めつくされる盛況となった。

新米宮司として最初に迎える夏祭りとしては、幸先《さいさき》のいいスタートといえるだろう。

拝殿の間でのお祓いを終えてから、哲也は参道のにぎわいの中に足を踏み入れた。巫子たちの働きぶりをチェックするためである。

「こらこらっ。そこの兄ちゃんたち、そんなとこで喧嘩《けんか》しないでよね。他でやるっ！」

腕に腕章をして若者に指示をしているのは、境内警備係の多香子と京華である。押しの強さからこのふたりを選んだのだが、正解だったようだ。正反対にやさしさと人当たりのよさから、迷子保護係は有里と亜実にまかせることにした。だが有里はともかく、亜実の方には若干問題がありそうだ。

「坊やは親御さんとはぐれてしまったのぉ〜。かわいそうにぃ〜」

迷子になった子供といっしょに泣きだしてどうするんだという気もするが、そんな巫子の頼りなさにかえって独立心の必要を感じたのか、子供の方が泣きやんでしまうのだから、これはこれで適任なのだろう。

私服姿に身を包んだ凛と舞奈が、群衆の中を歩いている。このふたりは影の警備係なのだ。スリやら痴漢やら、こうしたイベントには善男善女ばかりではなく不心得者も集まってくる。そういう連中の悪事を未然に防ぐのが彼女たちの役目である。舞奈の能力が招かれざる客の存在をキャッチし、凛の服の袖《そで》をちょんちょんと引いた。少女の指さす先にいるのは、小太りオタク風の中年男。参道の雑踏をいいことに、前を歩く女性のスカートの中に手を入れようと狙っている。そいつの後ろにくると、凛がさりげなく足を引っかけた。

「——ぐへっ」というカエルがつぶされるような悲鳴をあげて、男が倒れる。後を歩いてきた数人に背中を踏みつけられてから、ようやく立ちあがる中年男。その顔からはもはや戦意は喪失していた。

全体として、巫子たちはよくやっているようだ。イベントとしても夏祭りは大成功で、宮司としては喜ぶべきだろう。

それなのに、なにかが胸につかえているような、重苦しい気分はなんなのか……。

理由は判っていた。あれからずっと、舞奈のことが気にかかっていたのだ。

＊

自分の命が半年だと告げられても、にわかに納得できるものではない。だから哲也は、笑ってみせることにした。

「よせよ、舞奈……。冗談にしてもタチが悪いぜ……」

「冗談じゃないの……脳の奥に悪性の腫瘍ができててね……」

悪性の腫瘍というのが癌を遠回しに表現した言葉であるくらい、哲也でも知っている。

「そんなもの、手術すれば治るんだろう？　今の医療技術はすごいんだからな、脳腫瘍ぐらい簡単に——」

「たぶん、ダメだと思います。生存の確率は、五パーセントだそうですから……」

月光の下、顔をあげて少女は微笑んだ。

「死ぬと聞かされてから……もう三年も生きました。覚悟を決める時間にしては、充分ですね……」

静かに哲也の腕をほどいてから、ペコリと頭を下げ、舞奈は本殿に戻っていった。その後ろ姿に、彼は声をかけることすらできなかった。

(癌で、あと……半年……。そんな彼女に……オレが何をしてやれるというのだ……)

答えの出ないその問いは、ただ静かに、哲也の心にやるせなさとわだかまりを投げかけるだけだった。

本殿に戻り、哲也は風間神社に伝わる面と衣装を身につけた。近くの神社から応援を求めて、神楽の行列を演出するためだ。雅楽の音に合わせて、中国や古代インドを起源とする神話の神や聖獣が再現される。天竜八部衆《てんりゅうはちぶしゅう》のひとつ、迦楼羅《かるら》を模《かたど》った面の奥で、ふいに視界がぼやけた。小学生らしい男の子が元気な声で話しかけてくる。

「ねえねえ、怪獣のお兄ちゃん。なんで泣いてるの？」

「目にゴミが入っちゃったのさ。物置の中でずっとホコリをかぶってたお面だからね」

「おそうじはしっかりやんないとダメだって、先生が言ってたよ」

「そうだね。坊やの言うとおりだね……」

すべての行事が滞りなく行なわれたあと、ドン、ドン、と上空で花火が開いた。午後九時を迎えて、本日の祭事終了の合図である。名残惜しそうなため息が、参拝客の中に流れた。三々五々、人の群が散っていく……。

＊　　　　＊

夏祭りの初日が終わって二時間後、哲也はひとり参道を歩いていた。

あれほどの群衆であふれていた境内だというのに、今は物の怪の影すらない。嘘《うそ》のような静寂に周囲は包まれていた。灰色のビニールシートで被われた露店の列が、どことなくもの悲しさを感じさせる。

巫子たちは全員、明日の仕事にそなえて寝入っているはずだ。しかし、ひとりだけ起きていた者がいた。本殿の前に戻った哲也を待っていたのは、舞奈だった。

「舞奈。お前も眠れなかったのか……」

「はい……。眠ってしまうには惜しいような気がして……。ここに座りませんか？」

本殿の廊下の端で、舞奈が自分のとなりを指さした。ことさらゆるやかな動作で、哲也が腰をおろす。満天の星々をたたえた夜空に、少女は目をやった。

「夏祭りが終わったら、お別れです。私は父と母の元に帰らないといけませんから……」

考えてみれば、舞奈にだって親はいるはずなのだ。天を見上げたままの少女に、彼は顔をむけた。

「ひとつ、聞いてもいいかな？」

「……はい。なんでしょう……」

「舞奈が病気だって判ったとき、お父さんとお母さんも悲しんだはずだよな……。残り少ない娘の人生を、ずっと見ていてやりたいと考えたと思うんだ。それなのに、どうしてそんなご両親と別れて、舞奈はこの神社にやって来たんだ……？」

言いにくそうな声であったのは、万が一にも舞奈の両親が彼女を嫌っている可能性を配慮していたからだ。普通の人とはちがった能力を持っている少女を、以前から疎《うと》ましく思っていたとか……。しかし、少女は首を横にした。

「お父さんとお母さんは、私を愛してくれていいます。亡くなったおばあちゃんと同じように……でも……」

「でも……？」

「私の能力を理解してくれていたのは、おばあちゃんだけでした……」

哲也は以前、舞奈が両親には自分と同じ能力はないと言っていたことを思いだした。普通の人間に、少女の内面が理解できるとは思えない。祖母が亡くなってから、残された彼女を待っていたのは、恐ろしいまでの孤独だったにちがいない……。

「あと数年の命と判ったとき、私は……自分のことを判ってくれる人を探そうと思いました。この寂しさを、誰かに知ってもらいたかったんです。そして、三年近くかかってようやく、哲也さんを見つけました……」

「オレごときに、舞奈の孤独が癒せるとは思えないけど……」

深く、哲也はため息をついた。あるいは爺ちゃんが生きていたら、それができたかもしれないが、自分には、そんな能力はとてもない……。舞奈がつぶやいた。

「あの能力は本来、誰でも持っているものなのです。ほとんどの人は対象に対して心を開く術《すべ》を忘れてしまっているけれど、哲也さんは、そうではありませんでした。だからこの子も……」

懐に手をやると舞奈は古びたお守りを取りだし、それを哲也に渡した。

「おばあちゃんの念が込められているお守りなんです。いってみれば、おばあちゃんの小さな小さな分身のようなもの……。そのお守りが、哲也さんを選んだのです……」

彼がお守りを返そうとすると、少女は掌をこちらにむけた。持っていてくれというのだ。

「でも、舞奈にとっては形見の品なんだろう……」

「それは『品』ではありません。ある意味で生きもののようなもの。それに私には、もう必要のないものですから……」

突然の憤《いきどお》りを、哲也は感じた。少女にむかって、声を荒げる。

「待てよ。手術を受ければ五パーセントの確率は残っているんだろう。今からあきらめちまって、どうするんだよっ！」

舞奈の瞳の奥に、すべてを達観した色がある。それが、哲也には気に入らなかった。

「……私は以前、おばあちゃんにはずっとすごい能力があったと言いましたよね……」

「あ、ああ……。それがどうした……？」

「動物や植物などの生きものに話しかけるのは、それほどむつかしくはないんです。小石とかの無機物が相手だとちょっと骨が折れるけど、それでも、私レベルでも可能です。――だけどおばあちゃんの能力は、そんなものじゃありませんでした……」

哲也はポカンとした。無機物以上のレベルがあるなんて、思いもよらない。いったい、どんな能力なのだろう……。

「ものではありません。抽象的な対象に対しても、おばあちゃんは心を飛ばすことができたんです」

「抽象的――というと、たとえば、空とか海とかか……？」

クスクスッと、舞奈は笑った。

「いずれも、抽象ではありません。それに、空さんとお話をするくらいなら、私にもできますから……」

「じゃ……おばあちゃんしか会話できなかった相手というのは、なんなんだよ？」

「抽象的なものとは、時間です。おばあちゃんは『未来』さんと、お話ができました……」

背筋に悪寒をともなうショックを、哲也は感じた。未来と話ができたということは、つまり、舞奈の祖母だけが持っていた能力とは……。

「ええ……。おばあちゃんは、私が死の病に侵されることを予知していました。だから、手術が終わった後の未来さんに尋ねてみたというのです。『そこに、舞奈という名の娘が生きているか』と……」

「未来は、なんて答えた……」

「……そのような名の娘はいないと言われたそうです……」

永遠とも思えるほどの長い時間、哲也は身じろぎひとつすることができなかった。となりに座っている少女もまた。夜空を見上げたまま微動だにしない。まるで、身動きさえしなければ時間がそこで止まり、残された舞奈の余命を先延ばしにできると思いこんでいるかのように……。でも、時の流れが止まることはない。少女は立ちあがった。

「哲也さんに会えたおかげで、寂しさが消えました。私はもう、恐くありません。たとえ手術が失敗しても、おばあちゃんのところに行けるのですから……」

「脳の手術は、いつ行なわれるんだ……」

「今から、半年後です。東京の病院で……」

たった半年後、少女の命は消えてしまう……。しかし、ことさら彼は明るい顔をした。

「もしも手術が成功して生き延びることができたらさ。また、この神社に帰ってきてくれよな」

「はい。そうすれば、多香子さんや亜実さんとまたお会いすることができますね……」

舞奈の姿が見えなくなっても、哲也は長いこと、その場に座り込んだまま夜空を見上げていた。もしこの瞬間、天の高みから神がこちらを見おろしているのなら、罵声《ばせい》のひとつも浴びせてやりたくなる。その衝動に、彼は抗しきれなかった。

八百萬《やほよろづ》の神に仕える身にすれば、それはあるまじき行為にちがいなかった。

「バカヤローッ!」

*

日曜日、夏祭りの最終日である。

笛が鳴り、太鼓が叩かれ、楽しげに行き交う親子連れの会話に、酔っぱらいの怒声までまじってムードは今や最高潮に盛りあがっている。予想外の人出と盛況に、露店商の人たちも困惑気味のようだった。こんな会話すら聞こえてくる。

「なにぃ。天カスが足りないだとぉ……。町行って買ってこい! 一時間で帰ってくるんだぞ! じゃなきゃ、テメェの給料は半分だっ!」

「お~い、飲んだくれが垂れ幕をひっぱって歪《ゆが》ましちまったぞ。もっと右、右だよ――」

「(ごく小さな声で) おいおい、当たりくじは横に避《よ》けておけよ……」

「ちょっと粉が多いな……。ええもう、水で薄めちめぇ」

「こらっ! 商品をつまみ食いするなと、何回言えばわかるんだ。食いかけでいいから、並べとけっ!」

「おやっさん。金魚が人いきれの暑さでパクパクしてますぜ」

「早く水を入れろっ！　餌《えさ》をやれっ！」

大盛況の中、哲也は忙しく立ち働いていた。通行人を整理し、子供の世話をし、喧嘩の仲裁を買ってでて逆に殴られてしまう。見かねた多香子が、彼に言った。

「なんか哲也って、自分から身体を痛めつけようとしていない？　忙しいのは当然だけどさ。私たちの仕事まで取らないで、少しぐらい休みなさいよ」

「あ……ああ……ごめんよ……」

注意されて、ようやく我に戻る哲也。狛犬《こまいぬ》の前に腰をおろして、惚《ほう》けたように西の空に目をやる。天を覆う瑠璃《るり》色の半球の下には、藤色から茜《あかね》色へと変化する夕映え。それはやがて、濃い紫色をともなう夜のヴェールの中に没しようとしている。舞奈の命の灯が消えていく様を、哲也はそこに見たような気がした。

夜の訪れと共に、ぼんぼりに火がともる。祭りの喧噪が、ふたたび彼を包んだ。

*

夏祭りがとどこおりなく終了し、風間神社は静謐《せいひつ》の中にあった。

参拝者の姿はなく、露店商たちは店をたたみ、祝賀会を明日の朝にひかえた巫子たちも早々に奥の間に引きあげていった。京華あたりは今ごろ、寝床の中で高いびきをかいている最中だろう。

玉砂利を踏みながら、哲也は本殿に足を運んだ。前庭にある石作りの狛犬の前に、舞奈は佇んでいた。哲也の姿に微笑みかけてから空を見上げ、掌を水平にして上向きにする。

「……雨、降ってきましたね……」

「ああ……。本殿に入ろうか……？」

「ここでいいです。ほんの小雨だし、冷たくもありませんから……」

「そうだな……火照った身体を冷ますには、ちょうどいいかな……」

「あ……。でも……」

「でも……？」

哲也が細い肩に手をやると、少女はふりむいた。二匹の狛犬が御影石の台座の上で、行儀《ぎょうぎ》よく並んでいる。

「……狛犬さんたち、見ていますから、恥ずかしいです……」

「狛犬にも、意識があるのかな？」

と、哲也が言わずもがなの質問をする。舞奈がうなずいた。

「ずっとこの神社を護《まも》ってきた狛犬さんたちです。怒られますよ」

「狛犬たち、今、なんて言っているの？」

「……心残りがないように、しておきなさいって……」

「じゃ、俺たちがこれからすることを、見守っていてくれるんだ」

「そうですね……。でも、やっぱり恥ずかしいです……」

それ以上、少女の口に言葉を紡ぎださせるつもりは、哲也にはなかった。自分の唇で、舞奈のそれをふさぐ。ふたりは長い間、身じろぎひとつせずに唇を合わせていた。

「……哲也さんのものにしてください……」

と、小さな声で、舞奈がつぶやいた。


肉欲にも不純なものと純粋なものがあるということを、哲也は覚っていた。生まれたままの姿になる少女を眺めながら、怒張していくものを感じていたが、そこには男の欲望をギラギラと駆り立ててくる焦燥感はなかった。ただ、舞奈との絆《きずな》を少しでも深めたいという強い意志と愛情があった。彼女の処女を奪い、この世との絆を深めれば、黄泉《よみ》の国からの使者を少しでも遠ざけることができるかもしれない……。

自ら巫子の衣装を脱いで下着姿になった舞奈の胸に手をかけると、フロントホックのブラをはずし、まだ幼くふくらみの少ない両乳房をそれぞれの手でもみしだいた。乳首の先が少しとがってきたことを確認してから、上下の前歯でその先端に歯を立てる。あっ……

と、少女が声をあげた。

「ごめん。少し強すぎたか……？」

「ええ。でも、ちょっとだけ……。続けてください。大丈夫ですから……」

佇んだままの舞奈の前に、哲也は屈《かが》みこんだ。両膝《ひざ》立ちになるとちょうど、少女のおへそのあたりに頭が来る。そのままの姿勢で両手を前に伸ばし、パンティの両横に手をかけて下におろす。薄い色をした恥毛が、目の前に現われた。形こそきれいな三角形をしているが、まるで子猫の和毛《にこげ》のようにやわらかくてまばらな茂みだった。

「やっぱり子供だな、舞奈は。陰毛の下にスリットの線がすけて見えるんだもの」

「……ええ……。でも、すぐに子供ではなくなりますから。哲也さんの手で……」

「そうだな……。今からオレが、舞奈を女にしてやるんだよな……」

「……はい……」

青い果実のような裸体に両手を回して前から抱きかかえると、狛犬の台座の一番下の段に、まるまっちいお尻を乗せる。成熟という言葉とはほど遠いが、臀部《でんぶ》から太腿《ふともも》にかけての肉づきは思ったよりもしっかりしていた。これなら、少しぐらいの激しい動きにも堪えられるだろうと思う。

両膝を合わせてかわいらしく座っている舞奈を見ているうちに、その身体を汚してやりたいという思いがムクムクと頭をもたげてきた。でもその前に、少女のすべてを日の当たりにしておきたい……。

「舞奈。オレの前で脚を開くんだ。そして、お前の一番大切なところを、全部オレの目にさらけだしておくれ」

「……は、はい……哲也さん」

少女は従った。まるで、運命の神の前でそうするように。

開いた両脚の膝の裏側に手をかけて固定してから、哲也は両太腿の間に顔を近づけていった。クンクンと犬みたいに鼻を鳴らすと、腐りかけたチーズのような匂《にお》いが鼻孔《びこう》をくすぐる。この時はじめて、少女が抗議の声をあげた。

「——て、哲也さん……。恥ずかしい。恥ずかしいです……」

その直後、舞奈は自分の体臭を嗅《か》がれるなどとは比べものにならない羞恥心《しゅうちしん》に襲われた。男がさらに顔を近づけてくると、伸ばした舌の先で少女のスリットに触れたのだ。

「……ああっ。だっ、だめです……それだけは、だめです……」

悲鳴にも似た少女の叫び声が、夜の帳《とばり》の中に消えた。しかし、哲也の舌の先の愛撫《あいぶ》は、これから始まる本格的なクンニリングスの、ほんの前ぶれにすぎなかった。

さらに近づけた顔をちょっと斜めにし、哲也は舌をスリットの間にすべり込ませた。美少女の女芯を舌の先でいたぶってから、ヴァギナの奥に差し入れてGスポットを刺激する。

……ぴちゃ……ぴちゃ……ぴちゃ……ぴちゃ……。

天から降りつづく雨の滴にも似た音が、舞奈の股間から聞こえている。この時、少女は生まれてはじめて、官能の波が股間から全身をひたすのを感じていた。

「……あ……ああ……あっ……ああっ……」

はしたない声をあげまいと思っても、身体の奥から突きあげてくるものがそれを許さない。全身をブルブルと小きざみにふるわせながら、舞奈は男の責めに堪えた。ブルルッと大きなふるえを走らせた直後、少女の中からちゅるるっ……と、わずかばかりの液体がほとばしる。離した哲也の顔が、自分の出した液で濡れているのが判った。

「……ご、ごめんなさい。哲也さん……私ったら、オシッコをかけてしまって……」

クスリと微笑んでから、哲也が舞奈に答える。

「これは、オシッコなんかじゃないよ。舞奈のラブジュースさ」

「……ら、らぶじゅうす……ですか……？」

「そうだよ。女の子の身体が、男のものを欲しがっているっていう証《あかし》なのさ。舞奈の膣内《ちつ》が濡れているということは、ひとつになってもいいということだよ」

「……は、はい……」

舞奈はうなずいた。言葉では理解できなくても、自分の身体が男を受け入れる準備が整ったということは察知できる。哲也が立ちあがると、怒張したものが否応なしに日に入る。

「……こ、これを、私の中に入れるんですか……？」

問いただしたのも無理はない。いきり立った肉茎のサイズからして、ほっそりした少女の裸身が堪えられるとはとても思えない。

「大丈夫だよ。ゆっくりと挿入《いれ》てあげるし、それに女の子のアソコは、男のものが入ると自然に広がるようになっているからね……」

やさしく話しかけてから、哲也は左手を少女の肩にかけて固定し、右手で硬くなったペニスをつかんだ。その先端をスリットの間に割り込ませる。これで、準備ＯＫだ。

「……こ、恐いです……」

言い終わる前に、男がグッと腰を前に進める。そのとたん、舞奈の股間に切り裂くような痛みが走った。

「……あっ……い、痛いっ！」

激しい苦痛から逃れるために、腰を後ろに引こうとする。しかし、背後にあるのは御影石の台座の壁だ。動くわけがない。舞奈は悲鳴をあげた。

「……いっ、痛い……痛いです。てっ、哲也さん、抜いてください！　お願いだから、抜いて……」

しかし返ってきたのは、雄の獣の荒い息だった。

「我慢しなくちゃ、だめだよ。ここまできたらもう、いくところまでいくしかないんだ」

「そっ……そんな……。ひっ……ひいいっ！　いっ、痛いっ！　痛いいぃぃぃーっ！」

膣口《ちっこう》を押し広げられる苦痛に、処女膜を突き破られる痛みが加わった。棒状のものを突き入れられているというより、鋭利な刃で急所を切り取られているかのようだ。

――ぐぐぐうぅぅぅぅぅーっ！

とどめの一撃と共に、それまでで最大の激痛がくる。目の前がまっ白になりかけたとき少女は、自分の太腿の内側と男の腰がぴったりと密着していることを覚った。それと同時に苦痛が少しずつ鈍っていき、自分の膣内に男のものがすべておさまっていることに気づく。

「わ……私……呑み込んでしまっているんだ。哲也さんのものを、全部……」

それまでの激しい痛みにとって代わって、悦《よろこ》びが少女の全身をみたしていく。目をあげれば、いつものやさしい眼差しに戻った哲也がそこにいた。

「よくがんばったね、舞奈。オレたち、ひとつになれたんだよ。舞奈の痛みがおさまるまで、動かないでいるからね」

「……は、はい……哲也さん……」

哲也のものを呑み込んでいると、窮屈な姿勢を取らされているにもかかわらず、少女はやすらぎを感じた。充分な時間をとってから、自分を奪おうとしている男に話しかける。

「もう、大丈夫です。私の中で動いても……。舞奈の身体を、あなたのもので満たして」

「――よしっ！　いくぞっ、舞奈っ！」

ぐっ、ぐっ――と、哲也のものが律動をはじめる。――死神の手によって奪われる前に、目の前の少女をオレのものにしてしまうのだ。ペニスの動きが、次第に激しくなってくる。

「——まっ、舞奈の膣壁《ちつへき》が、オレのペニスを締めつけてくるぞっ！」

哲也は叫んだ。それと同時に、自分のものが少女の膣内に吸い込まれるのを感じる。

「……あっ！　ああっ！　へ、変……舞奈のアソコが、へ、ヘンになっちゃうーっ！」

小雨が激しさを増したとき、官能の嵐がついに少女を捕らえた。小ぶりの胸が男の腰に合わせてプルンプルンと上下している。その揺れ動く肉体の動きは、生への讃歌に他ならなかった。この時舞奈の心は完全に、死の恐怖にうち勝っていた。

「……てっ、哲也さんっ！　わ、私っ、イク！　イクうううううぅぅぅぅぅぅーっ！」

「おっ、オレもだ、舞奈。イクぞおおぉぉぉぉーっ！」

官能のバイブレーションがひとつに合わさったとき、ふたりは頂点に達した。ほとばしる男の熱いザーメンを、少女は身体の中に感じていた。

＊

哲也が身体を放すと、舞奈の裸体がゆっくりと玉砂利の上に倒れ込む。雨によって摩擦の少なくなった小石の粒が、彼女をやさしく受けとめた。焼き溶けた鉄のように火照った身体には、降りしきる雨と玉砂利の冷たさはむしろ心地よかった。

しばらくの時が流れてから、少女は横を眺めた。哲也がてれくさそうな顔で、地面の上に座り込んでいる。その股の間にあるものを見て、思わずクスッと笑いかけた。

「……いじめっ子さんですね。私をこんなにひどい目に合わせるなんて……」

少女の中にセックスを放ってもまだ硬さの衰えない息子に、哲也があきれ顔をむける。

「こいつ、よほど舞奈のことが気に入ったらしいぞ。もう一度、やりたいんだってよ……」

「——はい……」

素直な返事と共に、立ちあがる舞奈。それを哲也が止めようとした。

「身体は大丈夫なのか？　あんなに痛がっていたのに……」

「平気です。舞奈はもう、娘になりましたから」

それまでの少女のイメージからは連想できないほど、元気な声が返ってくる。哲也も立ってから、なにごとか考えるように首をかしげた。ややあって、彼女に提案する。

「今度は、後ろからさせてくれないか。舞奈のヒップの感触を味わってみたいんだ」

「はい。こうですか……？」

命じられるままに、少女はその場にひざまづいた。両手をついてお尻を突きだす。

「——いくぞ。舞奈」

次の瞬間、いきり立ったものが、ふたたび押し入ってくる。激しさをます雨の中、少女は顔をあげた。悦びの涙と目に飛び込んでくる雨粒で、視界がぼやけている。この瞬間が終わろうとも、自分と男の絆が断たれることはないのだと、彼女は覚った。

「――あっ！　あっ！　――あっ！　いい。いいっ！　いいぃぃぃぃぃぃーっ！」

我知らぬうちに、よがる声が喉からほとばしり出る。古代から続いた生命の営みの姿が、そこにはあった。

終章　夢の終わり、そして始まり

夢のようなひと月が通りすぎ、哲也の周囲には今までと同じ日常が戻ってきた。

あれからもう、二週間以上がたつ。夏祭りのあと、有里と京華、凛に舞奈の四人は神社を去り、多香子と亜実はそれまでのように巫子としての生活を続けていた。宮司《ぐうじ》部屋の窓から眺めれば、庭でほうきを使っている多香子の姿が目に入る。亜実の方は、本殿の拭《ふ》き掃除をしているのだろう。

彼の前を通りすぎていった少女たちのことを、哲也は考えていた。有里さんはオレとの交わりで、自分を取りもどしたのだろうか？　京華は世間に対して壁をつくることを、やめることができたのだろうか？　そして、舞奈は……。

あきらめきれないかのように、哲也は首を横にふった。彼女のことを考えるとき、この世の中のことすべてと神に対してすら理不尽さを感じる。死の顎《あぎと》にむかって孤独の歩みを続けている少女のイメージに、やり場のない悲しみと怒りに包まれる彼だった。

「舞奈……ごめんよ……。結局オレは、君を助けてやることができなかったんだ……」

懐の中が妙に、熱くなっていることに気づいた。手を入れてみると、少女がくれたお守りが指の先に当たる。今では、哲也が肌身離さず持ち歩いている大切な品だ。有里と京華、それに凛からは連絡があったが、舞奈からはなかった。ただ一度だけ、舞奈の父親と名乗る男性の声で電話があった。陰ながらずっと、少女の身を案じていたという。

「舞奈はどこにいるのですか。手術をするときには立ち合いたいのです。教えてください」

話しかける哲也の耳に、言葉が返ってきた。

「あなたにお会いできたおかげで、あの子も元気になりました。その点につきましては、感謝の言葉もありません。しかし、哲也さんに自分の居場所を告げてくれるなというのは、舞奈本人の意思なのです。——親の私が言うのもなんなのですが、あの子にはすこしばかり変わったところがありまして、万一自分が死んでも、それを知らせなければ好きな人の心の中で生きつづけていられるのだと……そのようなことを話すのです……」

哲也には、少女の親が自分の娘を別の世界の生きもののように感じていることが判った。愛情と理解は、別のものである。彼は答えた。

「舞奈がそう言っているのなら、しかたがありません。でも、もし万一、彼女がオレに会いたくなったら、いつでもここにいるよと、伝えておいてください」

「そう伝えます。ありがとうございました……」

ツーツーと鳴る受話器を、哲也はそのまま長い間、握りしめていた。

舞奈のくれた、古びたお守りに目をやる。

紺色をした、一見、見栄えのしないお守りだ。おそらくは、五十年かそれ以上も昔のものだろう。——それにしても、舞奈の祖母はどうやってこれを手に入れ、どんな理由で孫娘への形見の品としたのだろうか……。

「どこの神社の品なんだろうな、かろうじて『――神社』とまでは読めるんだけど……」

眺めているうちに突然、既視感《デジャビュー》にも似た感覚に捕らわれる。たしかに以前、どこかで見た覚えがあるお守りなのだが……。

立ちあがると、哲也は部屋の奥に置いてあった古い金庫の前まで歩いていった。重要書類を入れてある金庫は別にある。これは昔の文献を保管しておくための耐火金庫だった。

忘れかけていた番号を思いだしながらダイヤルを回し、扉をあける。和本綴《と》じになった昭和初期から中期にかけての記録を取りだし、筆で書かれた図柄を見つけだす。それは、子供の頃に一度だけ祖父から見せてもらったお守りのデザインと同じだった。

「やっぱり、風間神社の古いお守りだったんだ……」

推理してみれば、舞奈の家がここからずっと離れているとは考えにくい。この近くには神社は他にないから、風間神社のお守りであっても、なんの不思議もないはずだった。

運命の糸のようなものが舞奈をこの神社につれてきたことを、哲也はあらためて知った。

お守りをよく眺めれば、すり切れた布の端《はし》から紙切れの一部がはみ出しているのが見えた。お守り札の端とも思えないが……。中を開け、哲也はその紙を取りだしてみた。

筆で書かれているその文字は、舞奈の祖母が孫娘のためにしたためたものだった。

神に願う候
我が孫の健康な「身体」を守りたまえ
無垢《むく》な「笑顔」を守りたまえ
純真な「心」を守りたまえ
永遠につづく多くの幸をこの娘に与えたまえ

老婆の愛情と孫娘に対する理解を思うとき、哲也は目頭の熱さを抑えることができなかった。

*

時の流れは悲しみを癒《いや》してくれるという。しかし、少女の命が半年先と判っている哲也には、悲しみもつらさも和らぐことはなかった。その半年がすぎてから、ひと月後のこと……。

隣町にあるミニスーパーからの帰り道を、彼は歩いていた。ふたたび巫子たちとの三人生活に戻っているから、食料品はひとりでも充分に持ち運べる量だ。坂道を歩きながら、哲也は荷物の重さよりも木枯らしの冷たささを感じていた。

手紙によれば、風間神社を去っていった娘たちにも、あれから色々なことが起こったらしい。年長者の有里さんは再婚して、差出人の姓が変わっていた。手紙の内容では、新しい夫とうまくやっているらしい。京華の手紙はなんとフランスからだった。恋人ができたのでふたりで世界中を回っているという。凛もお見合いをしたらしいが、婚約者とうまくやっているかどうかは定かではない。そして、舞奈からは、依然として音沙汰《おとさた》がなかった……。すじ雲が浮かぶ冬空にむかって、彼は話しかけた。

「ほんとうに死んでしまったのかよ、舞奈……。水くさいじゃないか……。死んだら死んだで幽霊でもなって、出てきたらどうなんだ。舞奈だったら、祓ったりしないからさ。神社に取り憑いてしまっても、文句は言わないから……」

風間神社の鳥居をくぐる。京華が倒しかけた朱色の鳥居は、今では石のものに取り替えられていた。参道のむこうで、ひとりの巫子がほうきを使って境内を掃き清めているのが目に入る。多香子かそれとも亜実かなと思ったのは、近くに比較するものがなかったので、少女の身長がどのくらいか判らなかったからだ。狛犬《こまいぬ》の石像のとなりに歩いてきたとき、考えていたよりもずっと小柄な少女であることに気づいた。あの背丈の巫子といえば……。

いきなり、哲也が駆けだす。

「舞奈っ。舞奈なんだな！」

呼びかける声に、少女は振りむいた。トレードマークだったちょんまげ風の髪型は切り取られて、ショートカットみたいになっている。おそらくは、手術の時に剃《そ》ったのだろう。

少女はしかし、彼の声にすぐには反応を示さなかった。どこか不思議そうな眼差しをしたままで、ゆっくりと口を開く。

「……はい、私……舞奈……という名前らしいです……」

「………え？」

「……昨日、病院を出るときに、先生や看護婦さんたちにそう呼ばれましたから……。手術の後遺症で、それまでずっと、自分の名前を知らなかったんです……」

「そうか……それで判ったよ……」

このひと月の間、彼女には「舞奈」という名前がなかったのだ。しかし、哲也が感じたのは、祖母の予言が外れた喜びではなかった。目の前の少女がもしかしたら、自分の知っている舞奈ではないのかもしれないという、恐ろしい不安……。彼は問いただした。

「舞奈は、覚えていないのか、ここでの生活を」

「……ごめんなさい。ここで何があったのか、私がどんなことをしていたのかは、なにも思いだせないんです……。でも、手術を受ける前に、まわりの人たちに頼んでおいたらしいです。もしも、生きて帰ることができたら、この神社につれてきてほしいって……」

哲也は懐から舞奈にもらったお守りを取りだした。それを見て、少女が目をしばたたかせる。

「……あ……そのお守りは……」

受け取ると、少女は長い間、じっとそれを見つめていた。それから、静かに顔をあげる。

「……哲也さん……ですね……」

「そうだよ、舞奈……」

小さな肩をありったけの力でつかもうとしてから、彼はかろうじて思いとどまった。そのかわり、小鳥を両手で包むようにして抱きよせる。

「舞奈……。舞奈……」

「すみません……。ずいぶん、待たせてしまいました……」

「いいんだ。帰ってきたんだから、それでいいんだ……。おかえり、舞奈……」

「……はい、ただいまです……」

と、少女が答えた。

了

あとがき

パラダイムさんでお仕事をさせていただくのは本書が最初ですので、とりあえず「はじめまして」と申し上げます。森亜亭といいます。

本書の元となりました美少女ゲーム「ねがい」をプレイしてみたのが数ヶ月前。正直なところ、最初はあまり期待していませんでした。ゲーム業界にもある程度かかわっていたこともあり、この手のゲームが玉石混淆であることを知っていたからです。

ところがやってみて驚きました。感動系美少女ゲームとして、思いきり泣かせてくれるではないですか。登場する女の子たちも個性的で、ラストもう、涙、涙でした。

ノベライズというものはゲームの設定や内容だけでなく、作品世界の雰囲気みたいなものを伝えることが一番重要だと思っています。「ねがい」の感動を少しでも読者に伝えることができたとすれば、書き手としてこれ以上の喜びはありません。

やりがいのあるお仕事を与えてくださったパラダイムさん、「ＲＡＭ」のスタッフのみなさんに感謝します。まだゲーム版の「ねがい」をプレイしていない方は、ぜひオリジナルの感動も味わってみてください。損をさせないことは保証いたします。

新千年期《ミレニアム》直前の某日　森亜亭

ねがい

2000年1月30日 初版第1刷発行

著　者　森亜亭
原　作　RAM

発行人　久保田 裕
発行所　株式会社パラダイム
〒166-0011 東京都杉並区梅里2-40-19
ワールドビル202
TEL03-5306-6921 FAX03-5306-6923

装　丁　林雅之
印　刷　株式会社秀英

乱丁・落丁はお取り替えいたします。
定価はカバーに表示してあります。

〈パラダイムノベルス新刊予定〉

☆話題の作品がぞくぞく登場！

77.ツグナヒ

ブルーゲイル原作
大倉邦彦　著

　たった一人の家族・妹の奈々が輪姦され、ショックから植物人間に。妹の敵をとるために、犯人の娘たちに近づき、陵辱するが…。

80.HaremRacer《ハーレムレーサー》

Jam　原作
高橋恒星　著

　レースドライバーの主人公は、彼女イナイ歴24年。女の子に接触しようとがんばった彼は、レースにも勝ち続けてモテモテに！

81.絶望～第三章～

スタジオメビウス　原作
前薗はるか　著

　亡霊として復活した紳一が、名門聖セリーヌ学園の少女たちを陵辱！　犯し続けてなお欲望が満たされない紳一の、最後の標的は…。

2月

82.淫内感染2

～鳴り止まぬナースコール～

ジックス　原作

平手すなお　著

城宮総合病院で繰り広げられる、看護婦たちの饗宴はまだ終わらない。坂口と奴隷たちとの、淫靡な夜…。

83.螺旋回廊

ru'f　原作

新ブランド「ru'f」の話題作が登場！　インターネット上で繰り広げられる、不可思議な体験。自分の秘密がネットに流れていたら!?

Now Printing

3月

3月

84.Kanon

～少女の檻～

Key　原作

清水マリコ　著

『kanon』第3弾。祐一の先輩・舞は、夜な夜な学園の魔物と戦い続けていた。彼女だけが見える敵とは？

既刊ラインナップ

1 悪夢 ～青い果実の散花～
原作:スタジオメビウス

2 脅迫
原作:アイル

3 痕 ～きずあと～
原作:リーフ

4 慾 ～むさぼり～
原作:May-Be SOFT TRUSE

5 黒の断章
原作:Abogado Powers

6 淫従の堕天使
原作:DISCOVERY

7 Esの方程式
原作:Abogado Powers

8 歪み
原作:May-Be SOFT TRUSE

9 悪夢 第二章
原作:スタジオメビウス

10 瑠璃色の雪
原作:アイル

11 官能教習
原作:テトラテック

12 復讐
原作:クラウド

13 淫Days
原作:ルナーソフト

14 お兄ちゃんへ
原作:ギルティ

15 緊縛の館
原作:XYZ

16 密猟区
原作:ZERO

17 淫内感染
原作:ジックス

18 月光獣
原作:ブルーゲイル

19 告白
原作:ギルティ

20 Xchange
原作:クラウド

21 虜2
原作:ディーオー

22 飼
原作:13cm

23 迷子の気持ち
原作:フォスター

24 ナチュラル ～身も心も～
原作:フェアリーテール

25 放課後はフィアンセ
原作:スィートバジル

26 骸 ～メスを狙う顎～
原作:SAGA PLANETS

27 朧月都市
原作:GODDESSレーベル

28 Shift!
原作:Trush

29 いまじねいしょんLOVE
原作:U・Me SOFT

30 ナチュラル ～アナザーストーリー～
原作:フェアリーテール

31 キミにSteady
原作:ディーオー

32 ディヴァイデッド
原作:シーズウェア

33 紅い瞳のセラフ
原作:Bishop

34 MIND
原作:まんぼうSOFT

35 錬金術の娘
原作:BLACK PACKAGE

36 凌辱 ～好きですか?～
原作:アイル

37 My dearアレながおじさん
原作:ブルーゲイル

38 狂*師 ～ねらわれた制服～
原作:クラウド

39 UP!
原作:メイビーソフト

40 魔薬
原作:FLADY

41 臨界点
原作:スィートバジル

42 絶望 ～青い果実の散花～
原作:スタジオメビウス

43 美しき獲物たちの学園 明日菜編
原作:ミンク

44 淫内感染 ～真夜中のナースコール～
原作:ジックス

45 My Girl
原作:Jam

46 面会謝絶
原作:シリウス

47 偽善
原作:ダブルクロス

48 美しき獲物たちの学園　由利香編
原作:ミンク

49 せ・ん・せ・い
原作:ディーオー

50 sonnet～心かさねて～
原作:ブルーゲイル

51 リトルMyメイド
原作:スィートバジル

52 flowers～ココロノハナ～
原作:CRAFTWORKside・b

53 サナトリウム
原作:ジックス

54 はるあきふゆにないじかん
原作:トラヴュランス

55 プレシャスLOVE
原作:BLACK PACKAGE

56 ときめきCheck in!
原作:クラウド

57 散櫻～禁断の血族～
原作:シーズウェア

58 Kanon～雪の少女～
原作:Key

59 セデュース～誘惑～
原作:アクトレス

60 RISE
原作:RISE

61 虚像庭園～少女の散る場所～
原作:BLACK PACKAGE TRY

62 終末の過ごし方
原作:Abogado Powers

63 略奪～緊縛の館　完結編～
原作:XYZ

64 Touch me～恋のおくすり～
原作:ミンク

65 淫内感染2
原作:ジックス

66 加奈～いもうと～
原作:ディーオー

67 PILE・DRIVER
原作:ブルーゲイル

68 Lipstick Adv.EX
原作:フェアリーテール

69 Fresh!
原作:BELL-DA

70 脅迫～終わらない明日～
原作:アイル【チーム・Riva】

71 うつせみ
原作:BLACK PACKAGE

72 X change2
原作:クラウド

73 M.E.M.～汚された純潔～
原作:アイル【チーム・ラヴリス】

74 Fu・shi・da・ra
原作:ミンク

75 絶望～第二章～
原作:スタジオメビウス

76 Kanon～笑顔の向こう側に～
原作:Key

77 ねがい
原作:RAM

79 アルバムの中の微笑み
原作:curecube

好評発売中！

定価 各 860円+税

あの「脅迫」に、さらなる結末が！
最新刊登場!!
パラダイムノベルス 70
清水マリコ 著
リバ原あき 画
脅迫～終わらない明日～
パラダイムノベルスの中でも好評の「脅迫」が、リニューアルされて新登場！ 雑誌「メガストア」誌上で連載されたものに、新たな結末を加えた最新作です！